दूसरा ग़ज़ल शतक

किताबघर प्रकाशन
नयी दिल्ली

दूसरा ग़ज़ल शतक

संपादन
शेरजंग गर्ग

ISBN—81-7016-739-6

प्रकाशक
किताबघर प्रकाशन
4855-56/24, अंसारी रोड, दरियागंज
नयी दिल्ली-110002

पेपरबैक संस्करण
2014

आवरण
रवि शर्मा

मूल्य
एक सौ रुपये

मुद्रक
बी० के० ऑफसेट
नवीन शाहदरा, दिल्ली-110032

DOOSARA GAZAL SHATAK (Hindi)
Ed. by Sherjung Garg
Price : Rs. 100.00 (Paperback Edition)

ग़ज़ल के शिखर-द्वय
बलबीर सिंह 'रंग'
एवं
दुष्यन्त कुमार
को
सादर सप्रेम

ग़ज़लों के बारे में दो शब्द

यह सर्वविदित है कि हिंदी कवियों द्वारा आजकल अन्य काव्य-विधाओं और शैलियों के अतिरिक्त बड़ी मात्रा में ग़ज़लें भी कही/लिखी जा रही हैं। पिछले कुछ वर्षों में बेशुमार ग़ज़ल-संकलनों का प्रकाशन इस तथ्य का प्रमाण है कि अन्य शैलियों के मुक़ाबले ग़ज़ल रचने वालों की संख्या सचमुच ही बहुत ज़्यादा है। 'ग़ज़ल दुष्यन्त के बाद' नामक संकलन के संपादक दीक्षित दनकौरी ने एक चर्चा के दौरान बताया कि हिंदी में अब तक सात सौ ग़ज़ल-संकलन प्रकाशित हो चुके हैं। हमारा मानना है कि यह संख्या कुछ ज़्यादा तो हो सकती है, मगर कम क़तई नहीं। जब देश-विदेश में ग़ज़ल लिखने वालों की संख्या एक हज़ार से अधिक है और कुछ रचनाकारों के एक-दो नहीं, अपितु तीन-तीन, चार-चार, यहाँ तक कि पाँच-छह संकलन भी प्रकाश में आ चुके हों, तब इस संख्या की मात्र कल्पना ही की जा सकती है। इस दिशा में शेष काम शोधकर्ताओं का है।

प्रचुर मात्रा में ग़ज़ल-लेखन के चलन ने अनेक और प्रश्न पैदा कर दिए हैं। कोई भी व्यक्ति अपने मामूली-से ग़ज़ल-ज्ञान से कुछ पंक्तियाँ जोड़कर स्वयं को ग़ज़लकारों की पंक्ति में स्थान पाने का अधिकारी घोषित कर सकता है। प्रख्यात व्यंग्यकार श्रीलाल शुक्ल ने ऐसे ही ग़ज़लकारों पर कटाक्ष करते हुए कहा था—ग़ज़ल के लँगड़े शेर। यानी न तो वज़न की तमीज़ और ख़याल; और न ही रदीफ़-क़ाफ़िए की समझ, मगर ग़ज़ल कहने का हौसला। विख्यात आलोचक नामवर सिंह ने तालेवर मधुकर के संकलन 'उतर मोह के नभ से आओ' का लोकार्पण करते हुए यहाँ तक कह दिया था कि जामा मस्जिद की सीढ़ियों पर बैठकर जूतियाँ गाँठने वाला भी दो-चार शेर जोड़कर ग़ज़लगो होने का दावा कर सकता है। अभिप्राय यह है कि अपरिपक्व ग़ज़लगोई के महारथियों ने ग़ालिब, मीर, रंग और दुष्यन्त की परंपरा को ठेस पहुँचाने में कोई कसर नहीं छोड़ी है, फिर चाहे वे किसी भी भाषा के हों, ग़ज़ल को जूते की तरह गाँठ रहे हैं। मगर इसके अलावा भी अनेक कवि हैं, जिन्होंने ग़ज़ल को संपूर्ण अभिप्राय, साधना-संपन्नता, अभ्यास, अध्ययन और पूरी निष्ठा से लिखने/कहने का काम किया है। हमारा सरोकार मात्र ऐसे ही निष्ठावान रचनाकारों से है। यों ग़ज़ल के नाम पर कुछ भी, कैसा भी लिख डालने वालों की न तो पहले कोई कमी थी, न ही अब है। अस्तु।

इस संकलन में समाविष्ट ग़ज़लें मात्र महबूबा से संवाद करने वाली परिभाषा को चरितार्थ नहीं करतीं, अपितु हर ज़रूरी, हर सार्थक संवेदना को सँजोकर-सहेजकर अपनी बात रखने का प्रमाण प्रस्तुत करती हैं। ये रचनाएँ मतले, क़ाफ़िए, रदीफ़ या मक़्ते जैसे अनुशासनों का निर्वाह तो करती हैं, मगर कविता के विविध आयामों का स्पर्श करके ही संतोष का अनुभव करती हैं। संकलन की पहली ही ग़ज़ल को लें, जो परिवार के बुज़ुर्गों के यात्रा पर निकलने से पहले अपने युवाओं को दी जाने वाली एक मर्मस्पर्शी हिदायत है :

एक दरी, कंबल, मफ़लर, मोज़े, दस्ताने रख देना
कुछ ग़ज़लों के कैसेट, कुछ सहगल के गाने रख देना
छत पर नए परिंदों से जब खुलकर बातें करनी हों,
एक कटोरे में पानी, दूजे में दाने रख देना
प्यार से तुम बच्चों को रखना, और अगर वे रूठें तो,
नन्ही परियों के कुछ क़िस्से नए-पुराने रख देना
घर में आए मेहमानों को घर-सा ही आराम मिले,
उनकी ख़ातिर सब चीज़ों को ठौर-ठिकाने रख देना
हर पल ख़ुशबू से चहकेगा, करते रहना इतना बस
परेशान चेहरों के लब पर कुछ मुस्कानें रख देना।

मेरा मानना है कि यह रचना ग़ज़ल के अनुशासन को निभाने के बावजूद एक सशक्त संवेदनायुक्त कविता की तमाम शर्तों को पूरा करती है। यह एक सच्चाई है कि आज के ग़ज़लकारों ने तमाम ज़रूरी विषयों को अपनी अभिव्यक्ति के लिए चुना है, जो आम तौर पर अनछुए अथवा अवांछित-से लगते रहे हैं। ज्योति शेखर की ग़ज़ल युग के वयोवृद्धों की पीड़ा को वाणी देने के साथ-साथ त्रासद स्थितियों पर व्यंग्य का बेजोड़ नमूना बन गई है :

सारी उम्र जिन्हें ढोते हैं घर के बूढ़े लोग
उनके लिए बोझ होते हैं घर के बूढ़े लोग
उनको पता है, जब ये पकेगी वे न यहाँ होंगे,
फिर भी फ़सल नई बोते हैं घर के बूढ़े लोग
बच्चे कहते हैं—तहज़ीब नई क्या सीखेंगे,
ये सब तो बूढ़े तोते हैं, घर के बूढ़े लोग

ध्यान से देखो, एक उजाला फैला रहता है,
जहाँ फ़रिश्तों-से सोते हैं, घर के बूढ़े लोग
जब भी कभी ये, और किसी बूढ़े से मिलते हैं,
चुपके-चुपके क्यों रोते हैं घर के बूढ़े लोग
इनको छुओ साँप बनकर, तब भी ठंडक देंगे,
चंदन का दरख़्त होते हैं घर के बूढ़े लोग
बोझ पाप का बढ़े तो, इनके चरणों में रख दो
तीरथ हैं, गुनाह धोते हैं घर के बूढ़े लोग।

सचमुच यह ग़ज़ल घर के बूढ़े लोगों को याद करते हुए उनकी गरिमा, त्रासदी, उदात्तता का महागान बन गई है। ऐसी ही रचनाएँ पाठकों को गहरे तक द्रवित करने की क्षमता रखती हैं।

ग़ज़ल पर बात करते हुए मैंने एक बार लिखा था कि ग़ज़ल दरबारीपन से घरबारीपन की ओर आ रही है। अशोक वर्मा और ज्योति शेखर की उपर्युक्त ग़ज़लें मेरे इस कथन को प्रामाणिक बनाती हैं। इतना ही नहीं, विजय किशोर मानव की निम्नांकित ग़ज़ल भी परिवार के बुनियादी घटकों अर्थात् माता-पिता से जुड़कर उनके स्मृतिलोक तक जा पहुँचती है, जो द्रष्टव्य है :

एक ओर माँ लेटी, एक ओर बाबू जी,
खाँस रहे माँ से भी ज़ोर-ज़ोर बाबू जी।
बोए कोई, काटे दूसरा, चरे कोई,
चीख़ा करते बैठे, चोर - चोर बाबू जी
चौतरफ़ा नए लोग, जुते हुए बैलों-से
देख रहे चाबुक से लैस ढोर बाबू जी
चूर आईने मिलते, सुबह गली में बिखरे
रोज़ फेंकते हैं, किरचें बटोर बाबू जी
मोमबत्तियों जैसे जले - गले उन रातों
बैठे सर पीट रहे देख भोर बाबू जी
फाड़कर कमीज़ दीया गुल करके बैठ गए
अंधों के हाथों में देख डोर बाबू जी
आधी चिट्ठी बाँची, आँखें पूरी भरीं
डूब गए बेटे में पोर - पोर बाबू जी।

सचमुच ये ग़ज़लें मात्र छंद-विधान अथवा बहरों, रदीफ़-क़ाफ़िए का खेल नहीं हैं, अपितु जीवन में विद्यमान त्रासद स्थितियों और स्मृतियों का दर्पण हैं, जो आज की ग़ज़ल को संपूर्णता प्रदान करता है।

हाल ही में प्रकाशित 'हिंदुस्तानी ग़ज़लें' पुस्तक की भूमिका में कमलेश्वर ने ग़ज़ल को बहुत सटीक रूप से रेखांकित किया है—'कोई सृजनात्मक लेखक-कवि साहित्य की ठहरी हुई या ग़लत सोच के कटघरों में क़ैद नहीं हो पाता। ग़ज़ल तो और भी आज़ाद है। यह तो बहुत-से शायरों में नहीं आती। यह बड़ी फ़रार क़िस्म की विधा है। पकड़ में नहीं आती। आ जाती है तो ताज़िंदगी साथ निभाती है और शायर से ज़्यादा अपने समय और समाज के काम आती है। सच पूछो तो ग़ज़ल एक याद की तरह है। सदियों की इंसानी सोच और सदमों में साँस लेने वाली विधा, जो यादों की तरह बार-बार लौट आती है। यही उसकी रचनात्मकता और तहज़ीब है।' कहना होगा कि आज भी ग़ज़ल रचनात्मकता और तहज़ीब के रास्ते पर चलकर नई-नई मंज़िलें तलाशने में जुटी है।

पिछले दिनों लखनऊ के प्रख्यात ग़ज़लकार प्रभात शंकर ने जब मुझसे अपने संकलन 'तेज़ हवा' की भूमिका लिखने की बाबत कहा तो मैंने उनके सामने यह शर्त रखी कि पहले वह इस पुस्तक में भूमिकास्वरूप 'मेरी ग़ज़लें, मेरी सोच' जैसी कोई टिप्पणी लिखें, जिससे उनके ग़ज़ल संबंधी चिंतन की बानगी पाठकों को मिल सके और मैं भी कुछ लिखने की सोच सकूँ। उन्होंने मेरा अनुरोध स्वीकार करके एक बहुत ही ख़ूबसूरत टिप्पणी मुहैया कराई, जिसमें ये पंक्तियाँ क़ाबिलेग़ौर हैं :

'मेरे ग़ज़ल कहने के पीछे एक कारण यह है कि शे'रों में हिंदी के दोहों के समान संप्रेषण-शक्ति अधिक है। दो पंक्तियों में ही अपनी बात आसानी से पाठकों तक पहुँचाई जा सकती है। मेरी ग़ज़लों की भाषा बोलचाल की भाषा है। इसका सबसे बड़ा कारण तो यही है कि मेरे पास शब्दों का सीमित कोश है, उसी से काम चलाना है। मैं आम आदमी की बात, आम आदमी तक आम भाषा में पहुँचाने के उद्देश्य से ग़ज़ल कह रहा हूँ।'

जब कवि-शायर अपनी आम आदमीयत के तहत ही कुछ ख़ास-सा कह गुज़रता है तो अश्आर को विशिष्ट और यादगार होने से कौन रोक सकता है ? आज के अधिकांश ग़ज़लकार कुछ नया-नया, ताज़ा-ताज़ा पिरोने के लिए ग़ज़ल-लेखन की ओर उन्मुख हुए हैं।

ग़ौरतलब बात यह है कि अब तो लंबी-लंबी ग़ज़लें लिखने के कीर्तिमान भी

स्थापित किए जा रहे हैं। एक ज़माने में फ़िराक़ साहब लंबी ग़ज़लें कहने के लिए मशहूर थे। ग़ज़ल के विद्वानों के अनुसार प्रायः पाँच अश्आर की ग़ज़ल को संपूर्ण मान लिया जाता है। इधर एक सौ पच्चीस अश्आर वाली ग़ज़ल का नया कीर्तिमान स्थापित हुआ है। यह स्वयं में पर्याप्त दिलचस्प है। हमारा अनुरोध तो बस इतना है कि ग़ज़लकार बंधु ताबड़तोड़ अश्आर लिखकर रिकॉर्ड न बनाएँ, अपितु बेहतरीन से बेहतरीन, मगर ज़िंदगी से जुड़ी, अंतस की गहराइयों को स्पर्श करने वाली ग़ज़लें लिखकर साहित्य और जीवन को समृद्ध करें। रिकॉर्ड के मामले में अधिकतम पुस्तकें लिखकर अपना नाम दर्ज कराने वाले महोदय को भला उनके शहर में भी कितने लोग जानते होंगे ?

अंत में मैं मात्र इतना कहना चाहूँगा कि आज हिंदी-संसार में ग़ज़ल एक जानी-मानी और पहचानी हुई विधा या शैली के रूप में नित नए अंदाज़, नए रंग-ढंग, नए बिंबों-प्रतीकों, नई सोच-समझ का सहारा लेकर उभर रही है, आ रही है। वह परंपरागत अर्थों से छिटककर अपने नए अर्थ गढ़ने में जुटी है। वह स्वयं में श्रेष्ठ कविता का अधिकांश समो लेना चाहती है। उसके हर रचनाकार का व्यक्तित्व अपने अनुरूप ग़ज़लें कहने में संलग्न है। फिर, ऐसे माहौल में अगर कुछ का, बहुत कुछ अनगढ़, अपरिपक्व, अनचाहा आ जाए तो अप्रत्याशित नहीं है। मगर हमें ग़ज़ल को उसके श्रेष्ठतम रूप में ही पहचानना होगा और कविता के पर्याय के रूप में ही उसकी प्राण-प्रतिष्ठा करनी होगी।

पिछले वर्षों में प्रकाशित सैकड़ों ग़ज़ल-संकलनों में बेहतरीन संकलनों की सूची में कुछ नामों को रेखांकित करना ज़रा मुश्किल काम है। सुधी पाठक अपने विवेक, सूझबूझ, काव्य-मर्मज्ञता से इन्हें अवश्य रेखांकित कर लेंगे। हाँ, यह सचमुच एक बड़ी बात है कि बालस्वरूप राही का संग्रह 'राही को समझाए कौन' एक लंबे इंतज़ार के बाद प्रकाश में आया है।

इस शृंखला की शुरुआत 'हिन्दी ग़ज़ल शतक' से हुई थी। दुष्यन्त, बलबीर सिंह रंग, चिरंजीत, रामावतार त्यागी, सूर्यभानु गुप्त, बालस्वरूप राही, शलभ श्रीराम सिंह, मृदुला अरुण आदि-आदि पच्चीस उल्लेखनीय ग़ज़लकारों की ग़ज़लें इस संकलन में समाविष्ट की गई थीं। इस बार शिवबहादुर सिंह भदौरिया, ओमप्रकाश चतुर्वेदी 'पराग' से लेकर युवा ज्योति शेखर और हरिओम तक 'दूसरा ग़ज़ल शतक' में आए हैं। कवयित्रियों में रंजना अग्रवाल, सरोज व्यास और विनीता गुप्ता हैं; लोकप्रिय गीतकारों में कुँअर बेचैन, उर्मिलेश, श्रवण राही हैं। मानव, उपेन्द्र कुमार, कमलेश भट्ट 'कमल', कमल किशोर भावुक, प्रभात शंकर, योगेन्द्र दत्त शर्मा और

लक्ष्मण आदि हैं। तात्पर्य यह कि 'दूसरा ग़ज़ल शतक' में ग़ज़ल से जुड़े विभिन्न मूडों, मान्यताओं, संवेदनाओं, सरोकारों, शिल्पों, कथ्यों वाले रचनाकारों का यह संगम हिंदी में लिखी जा रही ग़ज़लों का एक गुलदस्ता है।

हम सब जानते हैं कि ग़ज़ल की चर्चा में, उसके विषय-प्रतिपादन में, उसकी समीक्षा-सम्मत मान्यताओं का विश्लेषण करने में बहुत-से पृष्ठ भरे जा सकते हैं। पर मेरी ऐसी मंशा क़तई नहीं है। मुझे तो मात्र इतना निवेदन करना है कि आज की ग़ज़ल द्वारा हिंदी और भारतीय साहित्य में बहुत कुछ नया जोड़ा जा रहा है। 'दूसरा ग़ज़ल शतक' में 'हिन्दी ग़ज़ल शतक' के समान ही पच्चीस कवियों की चार-चार ग़ज़लें हैं। सभी कवि-मित्रों का आभारी हूँ कि उन्होंने अपना रचनात्मक सहयोग सहर्ष प्रदान किया। उम्मीद है कि यह क्रम जारी रहेगा और 'तीसरा ग़ज़ल शतक' भी शीघ्र ही प्रकाशन की राह देखेगा।

अंत में बस इतना ही। हिंदी कविता के जनग्राह्य लोकप्रिय स्वरूप को अपनी आत्मीयता प्रदान करके किताबघर प्रकाशन भी इस दिशा में अपूर्व स्नेह-संबल प्रदान कर रहा है।

—शेरजंग गर्ग

एच 43 (भूतल)
साउथ एक्स-I, नई दिल्ली-110049

क्रम

अशोक वर्मा

एक दरी, कंबल, मफ़लर

एक दरी, कंबल, मफ़लर, मोज़े, दस्ताने रख देना
कुछ ग़ज़लों के कैसेट, कुछ सहगल के गाने रख देना

छत पर नए परिंदों से जब खुलकर बातें करनी हों,
एक कटोरे में पानी, दूजे में दाने रख देना

प्यार से तुम बच्चों को रखना, और अगर वे रूठें तो,
नन्ही परियों के कुछ क़िस्से नए-पुराने रख देना

घर में आए मेहमानों को घर-सा ही आराम मिले,
उनकी ख़ातिर सब चीज़ों को ठौर-ठिकाने रख देना

हर पल ख़ुशबू से चहकेगा, करते रहना इतना बस
परेशान चेहरों के लब पर कुछ मुस्कानें रख देना।

फिर ज़माने से पशेमाँ

फिर ज़माने से पशेमाँ ज़िंदगी होगी नहीं
है सलामत हाथ गर कोई कमी होगी नहीं

चूड़ियों को फेंककर, घूँघट उठा उसने कहा—
हमसे अब पत्थर - दिलों की बंदगी होगी नहीं

पत्थरों की गोद से बिछुड़ा हुआ झरना हूँ मैं
चल दिया हूँ अब सफ़र में वापसी होगी नहीं

छू दिए चंदा ने आकर बर्फ़ जैसे जिस्म दो
मैं समंदर हो गया, क्या तू नदी होगी नहीं

कोना - कोना रोशनी से भर दिया तूने ग़ज़ल
तू अगर मौजूद हो फिर तीरगी होगी नहीं।

घायल नहीं था मैं

घायल नहीं था मैं किसी तीरो-कमान से
वो शब्द कितना बेरहम निकला ज़ुबान से

दौरे - तबाही रोक ना पाया मेरा सफ़र
थककर कभी बैठा नहीं हूँ मैं थकान से

चिंता में डूबी बस्तियाँ सोई न रात - भर
पानी जो ऊँचा उठ गया अपने निशान से

मुझको सज़ा-ए-मौत तो होनी है लाज़िमी
मेरा गवाह जो ख़ास था मुकरा बयान से

अच्छा है हमने इस नदी पर पुल बना दिया
गुज़री है जो ये तेरे - मेरे दरमियान से।

शाम-सवेरे ठोस-सा पत्थर

शाम-सवेरे ठोस-सा पत्थर उसकी नज़र में रहता है
उसको पता है उसका दुश्मन काँच के घर में रहता है

आँखें नम होती हैं अकसर, होली और दीवाली पर
अपनी माँ का राजदुलारा दूर नगर में रहता है

ख़ाक कमाल कहें हम इसको सिर्फ़ बसाना आँखों में
यार हुनर तो उसका है जो चश्मेतर में रहता है

रोक कहाँ पाता है आख़िर बाज़ कोई ख़ूनी उसको
जज़्बा दूर तलक जाने का जिसके पर में रहता है

मैंने-तुमने अपनी-अपनी दुनिया आज बसा ली है
यादों का इक मौसम अब भी उस खँडहर में रहता है।

ऐ ज़िंदगी ! मैं तुझमें

ऐ ज़िंदगी ! मैं तुझमें समंदर की तरह हूँ
क़तरा हूँ मगर आग के मंज़र की तरह हूँ

ये ज़िंदगी बेगाना समझती है कि जैसे
मैं इसके लिए सिर्फ़ धरोहर की तरह हूँ

तू ही तो नहीं दर्द के सहरा की कहानी
मैं भी तो किसी प्यास के मंज़र की तरह हूँ

क़तरा हूँ तेरी आँख से टपके हुए दुःख का,
फूलों की हसीं छाँव में बेघर की तरह हूँ

हूँ लफ़्ज़ के आलम में किसी नूर का दरिया
चुप हूँ तो मैं ख़ुशरंग समंदर की तरह हूँ

रहती हैं मेरे साथ ही दर्दों की सदाएँ
मैं ख़ुद भी हसीं प्यार के पतझर की तरह हूँ

ज़िंदा है मेरे साथ ही अहसास की दुनिया
मैं दर्द के आकाश के मंज़र की तरह हूँ

है 'सारथी' वो कौन जो नित मुझको पुकारे,
मैं किसके लिए चाह के इक घर की तरह हूँ।

मुझको जीनी है

मुझको जीनी है ज़िंदगानी भी
और रचनी है इक कहानी भी

एक पल का है ख़ुशनुमा मंज़र
मेरे अहसास की जवानी भी

पत्तियाँ ज़र्द हो चुकी हैं अब
मैंने देखी है रुत सुहानी भी

एक सूरजमुखी का सपना हूँ
मेरी आँखों में रातरानी भी

सिर्फ़ इक रात में तमाम हुई
मेरे ख़्वाबों की ज़िंदगानी भी

मैं वो सादा वरक़ हूँ दुनिया का
जिससे लिपटी थी इक कहानी भी

'सारथी' आईनों की क्या सोचे,
आईना तो है बेज़ुबानी भी।

किसी की याद को शिद्दत से

किसी की याद को शिद्दत से प्यार करना था
मुझे तो अपने ही चेहरे में रंग भरना था

तमाम बंदिशें रोके हुए थीं राह मेरी
वो तेरा द्वार था जिससे मुझे गुज़रना था

रहूँ मैं कैसे भला तेरे दर्द की ज़द में
तुझे नहीं मेरे अहसास को बिखरना था

थे चंद लोग ही उस क़त्लेआम में शामिल
हरेक ख़ुलूस को लेकिन वहीं पे मरना था

हरेक सिम्त से पत्थर बिखर रहे थे वहाँ
किसी मज़ार पे इक फूल को बिखरना था

हमें तो 'सारथी' खुद पे बड़ा भरोसा था
ख़बर किसे थी कि यूँ टूट के बिखरना था।

वफ़ा की चाँदनी पल में

वफ़ा की चाँदनी पल में गुज़र न जाए कहीं
वो मेरे दर्द को छूकर बिखर न जाए कहीं

अभी है रेशमी आँचल बहार के तन पर
निगाहे नाज़ ये रंगत उतर न जाए कहीं

गुज़र रही है यों पनघट से प्यास की डोली
तमाम उम्र ही प्यासी गुज़र न जाए कहीं

तू आ कि आज है तेरे लिए सदर रौशन
चमकती ओस का मंज़र बिखर न जाए कहीं

अभी तो धूप है, नदिया है बावरी इसकी
ये तेरी चाह का सूरज उतर न जाए कहीं

कहाँ हैं 'सारथी' अहसास की हसीं परियाँ
ख़ुशी को ढूँढ़ता अहसास मर न जाए कहीं।

उपेन्द्र कुमार

आज पानी की दुकानें

आज पानी की दुकानें हैं वहाँ
था जहाँ सबके लिए ठंडा कुआँ

जान बेजानों में पड़ जाए वहाँ
यातना सीमा से बढ़ जाए जहाँ

राह दुर्गम कौन-सी अब रह गई
हैं पहाड़ी पर भी क़दमों के निशाँ

आँख खा जाए अगर धोखा नहीं
कालिमा में रोशनी का हो गुमाँ

आग नफ़रत की अगर जलती रही
कालिमा को ढाँप लेगा यह धुआँ

डाल लीजे आप भी कानों में तेल
हम तो सी सकते नहीं अपनी ज़ुबाँ।

शर्तें समझ के दाँव

शर्तें समझ के दाँव लगाए हुए हैं लोग
क्या - क्या न ज़िंदगी को बनाए हुए हैं लोग

खुद को ही खुद से ख़ूब छुपाए हुए हैं लोग
सूरज पे मगर दाँव लगाए हुए हैं लोग

अब आईना छुपाइए, चेहरा बचाइए
पत्थर हरेक ओर उठाए हुए हैं लोग

कानून जा छिपा किसी क़ातिल के शिविर में
इंसाफ़ की गुहार मचाए हुए हैं लोग

चलिए तिमिर के पार के मंज़र भी देख लें
उम्मीद की मशाल जलाए हुए हैं लोग

चुप्पी तो उनकी सिर्फ़ छलावा है वक़्त का
दिल में हज़ार ग़म भी छिपाए हुए हैं लोग।

ये जो दर्द है अपने सीने में

ये जो दर्द है अपने सीने में, ये नया भी है ये अजीब भी
कि उगा है दिल की ज़मीन से, ये दिमाग़ से है क़रीब भी

जो क़दम हमारे ये तेज़ हैं, ये उसी उमीद का फ़ैज़ है,
जो दिखाए मौत की घाटियाँ, जो बनी है अपनी सलीब भी

यूँ जले नगर कि शवों को भी, वो कफ़न न कोई भी दे सका
कि पहुँच के चाँद पे आदमी, रहा किस क़दर ग़रीब भी

मेरी पूँजी तमाम ही दर्द थी, उसे किस तरह कोई जानता
ये जो दर्द होता ज़मीन-सा, कोई माप लेती ज़रीब भी

कोई और वादे दीजिए कि समय का दुःख तो दराज़ है
न ये वक़्त ही टलने की चीज़ है, न बदल सकेगा नसीब भी।

तड़पते दिल के लिए

तड़पते दिल के लिए कुछ क़रार ले आए
कहीं से प्यार की ख़ुशबू उधार ले आए

तरस गए थे फ़क़त हम भी ग़म की चोटों को
किसी के वादे पे फिर एतबार ले आए

उदासियाँ बड़ी पतझड़ की तरह छाई थीं,
किसी की याद से दिल में बहार ले आए

वो बेबसी थी जो मौजों से डर के बैठ गई
ये हौसले थे जो दरिया के पार ले आए

कभी जो घर के अँधेरों में ढक गई थी 'उपेन्द्र'
पलक पे अश्क सजाए निखार ले आए।

उर्मिलेश

रिश्ते, पड़ोस, दोस्त

रिश्ते, पड़ोस, दोस्त, ज़मीं सबसे कट गए
फिर यूँ हुआ कि लोग यहाँ ख़ुद से कट गए

सारे ही मौसमों में निभाते थे सबका साथ
वो सायादार पेड़ यहाँ जड़ से कट गए

अब पैसा पास में है तो झंझट भी हैं कई
तब मुफ़लिसी के दिन भी मुहब्बत से कट गए

सच तो यही है उनको कोई पूछता नहीं
वो रास्ते जो अपनी ही मंज़िल से कट गए

पढ़-लिखके वो नौकर भी हुए घर भी फिर बसे
अब उसके बेटे उसके ही आँगन से कट गए

सबकी ही सूरतों में निकाला जिन्होंने नुक्स
दर्पण दिखा तो अपनी ही सूरत से कट गए

कोई न कोई बात तो होगी ज़रूर दोस्त
तुम हमसे और हम भी यहाँ तुमसे कट गए।

बस इसी बात का

बस इसी बात का तो रोना है
उसको पाना नहीं है खोना है

कोई जादू है या कि टोना है
रूप उसका बहुत सलोना है

वो मुहब्बत मुझी को करता है
ये इनायत भी मुझको ढोना है

मेरा उतना वजूद भी तो नहीं
उसके हाथों में जितना सोना है

उनकी नींदों में फूल-सा खिलकर
मुझको काँटों के बीच सोना है

उससे मिलना है मेरी मजबूरी
उससे मिलकर जुदा भी होना है

वो भला प्यार-व्यार क्या समझे
बीज बंजर में फिर भी बोना है

जब भी बटन दबाओगे

जब भी बटन दबाओगे, देखोगे चल गया
इस दौर का हर शख़्स मशीनों में ढल गया

मैं था क़सूरवार जो सीधी सड़क चला
वो तिकड़मी था इसलिए आगे निकल गया

वो क़हक़हों का दौर वो बच्चों का शोरगुल
कंप्यूटरों के बोझ के नीचे कुचल गया

हफ़्ते में एक इतवार भी होता था दोस्तो
दफ़्तर औ' घर का काम उसे भी निगल गया

टी०वी० पे आ रहा था कोई लाजवाब सीन
ऐसे में कोई फ़ोन भी आया तो खल गया

कुछ दिन से मुझपे भारी मुसीबत का बोझ है
सुनते ही उसके फ़ोन का नंबर बदल गया

अब वो नहीं है साथ तसल्ली ये साथ है
एक हादसा होने को था अच्छा है टल गया।

बारूद का है मौसम

बारूद का है मौसम ऐसे में क्या सुनाएँ
जाने कहाँ गिरे बम ऐसे में क्या सुनाएँ

ख़तरों के सायरन हैं, ख़ामोश वॉयलन हैं
चीख़ों भरी है सरगम ऐसे में क्या सुनाएँ

दुनिया का एक दादा लेकर ग़लत इरादा
बरसा रहा है एटम ऐसे में क्या सुनाएँ

डल झील के शिकारे, यही सोच-सोच हारे
क्यों है ईद में मुहर्रम ऐसे में क्या सुनाएँ

कश्मीरियों की लाशें, मरघट कहाँ तलाशें
मरघट भी पड़ रहे कम ऐसे में क्या सुनाएँ

अद्‌भुत हैं धैर्यधारी, ये हैं कैसे ब्रह्मचारी
कहीं खो चुके हैं दम-ख़म ऐसे में क्या सुनाएँ

वो जो हाल देश का है, वो ही 'उर्मिलेश' का है
दोनों के दिल में है ग़म ऐसे में क्या सुनाएँ।

ओमप्रकाश चतुर्वेदी 'पराग'

अपनी-अपनी बात कहकर

अपनी-अपनी बात कहकर उठ गए महफ़िल से लोग
दूसरों की जो सुनें, मिलते हैं वो मुश्किल से लोग

तैरने वालों की जय - जयकार, दोनों पार से
देखते हैं डूबने वालों को चुप साहिल से लोग

जान भी देने के वादे, यूँ तो होते हैं यहाँ
पर दुआएँ तक कभी देते नहीं हैं दिल से लोग

आदमी जो भी वहाँ पहुँचा, वो जीते जी मरा
हादसा यह देखकर, डरने लगे मंज़िल से लोग

इससे भी बढ़कर तमाशा, और क्या होगा 'पराग'
पूछते हैं ज़िंदगी की कैफ़ियत क़ातिल से लोग।

दो जमा दो पाँच जब

दो जमा दो पाँच जब जोड़े गए
हाशिये पर आदमी छोड़े गए

हो गई श्रीहीन कविता कामिनी
छंद से संबंध जब तोड़े गए

हम जिधर को भी, जहाँ को भी चले
पीछे - पीछे राह के रोड़े गए

एक जुगनू की ख़ुशी के वास्ते
रथ घुमाकर सूर्य के घोड़े गए

ख़ंजरों से धुन मजीरे की बजी
छद्‌म रागों पर हिरन मोड़े गए

इस तरह नहरों के उद्‌घाटन हुए
काग़ज़ों पर नारियल फोड़े गए

आदमी आए - गए अनगिन 'पराग'
आदमी रहकर मगर थोड़े गए।

बात ऐसी तो नहीं है

बात ऐसी तो नहीं है कि न बोली जाए
पर सरेआम तो ये गाँठ न खोली जाए।

आपका कोई नहीं हूँ मैं, ये सच है, लेकिन
प्रीति रिश्तों के तराजू पे न तोली जाए।

आग पीहर में है, ससुराल में ओले-आँधी
कौन-से गाँव में दुल्हन की ये डोली जाए।

श्रेय देना है जो कुल राम के चरणों को ही
अन्य पाषाण शिला भी तो टटोली जाए।

शाप तो आपने दुनिया को बहुत दे डाले
अब किसी घर तो ये वरदान की झोली जाए।

ज़िंदगी नीम के पानी की नदी है, उसमें
शरबती चाँदनी किस रीति से घोली जाए।

छाँव तो राह में मिलनी है न मंज़िल पे 'पराग'
क्यों न फिर धूप ही आराम से ढो ली जाए।

भोर को मैंने गाई ग़ज़ल

भोर को मैंने गाई ग़ज़ल, शाम को मरसिया हो गई
धूप दिन में ढली रात को, चाँदनी बेवफ़ा हो गई।

उम्र की खुरदरी राह पर पाँव चलते मचलते रहे
साँस की द्रुतलयी ताल पर, ज़िंदगी भाँगड़ा हो गई।

यूँ चली भोगवादी हवा, रंगे-महफ़िल बदलने लगा
घर की वो लाजवंती वधू, बज़्म में बेहया हो गई।

एक लय एक संगीत है, पक्षियों के मधुर गान में
छंद के बंधनों से निकल, शायरी फ़लसफ़ा हो गई।

दूसरों के लिए जो जिए, ये लगा जी रहे हैं 'पराग'
सिर्फ़ अपने लिए जब जिए, हर ख़ुशी बेमज़ा हो गई।

कमल किशोर 'भावुक'

फूल ही केवल नहीं

फूल ही केवल नहीं, अब ख़ार भी होगी ग़ज़ल
वक़्त की आवाज़ है, तलवार भी होगी ग़ज़ल

ग़र्दिशों, मजबूरियों, ज़ुल्मो-सितम के दौर में
सिर्फ़ आँसू ही नहीं, अंगार भी होगी ग़ज़ल

आज तो हालात के हाथों हुई ज़ख़्मी, मगर
कल यही हालात का उपचार भी होगी ग़ज़ल

आख़िरी दम तक लड़े, टूटे न जो, उनके लिए
ज़िंदगी के युद्ध में हथियार भी होगी ग़ज़ल

सिर्फ़ कोठी और कोठों का मनोरंजन नहीं,
अब ग़रीबों के गले का हार भी होगी ग़ज़ल

दृष्टिपथ में लक्ष्य के जो प्रश्न मुँह बाए खड़े,
उन जटिल प्रश्नों से अब दो-चार भी होगी ग़ज़ल।

अभिशापों का स्वप्न सँजोना

अभिशापों का स्वप्न सँजोना, कुछ अजीब-सा लगता है
विषधर का संन्यासी होना, कुछ अजीब-सा लगता है

खुद को मोम किया तो पाया, ढोने को बस आग मिली,
कुदरत का ये जादू-टोना, कुछ अजीब-सा लगता है

माना दर्द बहुत हैं लेकिन सगे बनें मुस्कानों के,
पलकों-पलकों आँसू ढोना, कुछ अजीब-सा लगता है

अपनी ही खुद हत्या करने पर आमादा हैं 'फसलें',
'मौसम' का कुंठाएँ बोना, कुछ अजीब-सा लगता है

नहीं मिले थे तो क़िस्मत को, कोस लिया करते थे हम,
मगर तुम्हें अब पाकर खोना, कुछ अजीब-सा लगता है

यों तो उसने हँसकर भेजा रोज़ी - रोटी की ख़ातिर
लेकिन माँ का छुप-छुप रोना, कुछ अजीब-सा लगता है

तुमने ही तो सरगम चुनकर, दिए शब्द सन्नाटों को,
क़लम ! तुम्हारा रोना-धोना, कुछ अजीब-सा लगता है

फूल तलक पत्थरदिल जिसमें, उस पत्थर की दुनिया का
'भावुक' होकर आँख भिगोना, कुछ अजीब-सा लगता है।

वो परिंदा दंभ पाले है

वो परिंदा दंभ पाले है बड़े उल्लास में
दूसरों के पंख बाँधे उड़ रहा आकाश में

ख़ून के आँसू रुलाई जा रही है भावना,
हादसे ही जन्म लेते आजकल विश्वास में

राजसी सुख त्यागने का तो तभी औचित्य है,
जी सके जब राम जैसी ज़िंदगी वनवास में

मोल हँसने का मुझे रो-रो अदा करना पड़ा,
आँसुओं की जीवनी है, दर्द के इतिहास में

देखिए कब दिन फिरें दीपावली के दोस्तो !
तिमिर ने कब्ज़ा जमाया, ज्योति के आवास में

सिर्फ़ अपनी त्रासदी की, क्या करें चर्चा यहाँ,
जब सदी पूरी कि पूरी जी रही संत्रास में

है तक़ाज़ा वक़्त का कोई ग़ज़ल ऐसी कहो !
प्राण फिर से भर सकें जो टूटते विश्वास में।

इम्तहानों से न हरगिज़

इम्तहानों से न हरगिज़ मुँह चुराना चाहिए
बल्कि ऐसे में स्वयं को आज़माना चाहिए

हर किसी को यार ! जीने का हुनर आता कहाँ,
आँख भीगी हो लबों को मुस्कराना चाहिए

एक मुट्ठी धूप की ख़ातिर तरसती झोंपड़ी !
दूसरा सूरज यहाँ कोई उगाना चाहिए

देश का वैभव बिंधा है प्रश्न-बाणों से, इसे
छद्मवेषी अर्जुनों से फिर बचाना चाहिए

आस्माँ संभव नहीं, धरती शिकारी की हुई,
ये परिंदे हैं इन्हें भी आशियाना चाहिए

सिर्फ़ शलभों की जली लाशें नहीं, संदेश है,
प्राण देकर भी प्रणय का व्रत निभाना चाहिए

बाँसुरी की ज़िंदगी से सीख ले ये ज़िंदगी !
ज़ख़्म सीने में भले हों, गुनगुनाना चाहिए।

कमलेश भट्ट 'कमल'

ख़्वाब छीने, याद भी

ख़्वाब छीने, याद भी सारी पुरानी छीन ली
वक़्त ने हमसे हमारी हर कहानी छीन ली।

पर्वतों से आ गई यूँ तो नदी मैदान में
पर उसी मैदान ने सारी रवानी छीन ली।

दौलतों ने आदमी से रूह उसकी छीनकर
आदमी से आदमी की ही निशानी छीन ली।

देखते ही देखते बेरोज़गारी ने यहाँ
नौजवानों से समूची नौजवानी छीन ली।

इस तरह से दोस्ती सबसे निभाई उम्र ने
पहले तो बचपन चुराया फिर जवानी छीन ली।

समंदर में उतर जाते हैं

समंदर में उतर जाते हैं जो हैं तैरने वाले
किनारे पर भी डरते हैं तमाशा देखने वाले।

जो ख़ुद को बेच देते हैं बहुत अच्छे हैं वे फिर भी
सियासत में कई हैं मुल्क तक को बेचने वाले।

गए थे गाँव से लेकर कई चाहत कई सपने
कई फ़िक्रें लिए लौटे शहर से लौटने वाले।

बुराई सोचना है काम काले दिल के लोगों का
भलाई सोचते ही हैं भलाई सोचने वाले।

यक़ीनन झूठ की बस्ती यहाँ आबाद है लेकिन
बहुत-से लोग ज़िंदा हैं अभी सच बोलने वाले।

वो ख़ुद ही जान जाते हैं

वो ख़ुद ही जान जाते हैं बुलंदी आसमानों की
परिंदों को नहीं तालीम दी जाती उड़ानों की।

जो दिल में हौसला हो तो कोई मंज़िल नहीं मुश्किल
बहुत कमज़ोर दिल ही बात करते हैं थकानों की।

जिन्हें है सिर्फ़ मरना ही, वो बेशक ख़ुदकुशी कर लें
कमी कोई नहीं वर्ना है जीने के बहानों की।

महकना और महकाना है केवल काम ख़ुशबू का
कभी ख़ुशबू नहीं मोहताज होती क़द्रदानों की।

हमें हर हाल में तूफ़ान से महफ़ूज़ रखती हैं,
छतें मज़बूत होती हैं उमीदों के मकानों की।

पास रक्खेगी नहीं

पास रक्खेगी नहीं, सब कुछ लुटाएगी नदी
शंख, सीपी, रेत, पानी, जो भी लाएगी नदी।

आज है, कल को कहीं यदि सूख जाएगी नदी
होंठ छूने को किसी का छटपटाएगी नदी।

बैठना फुरसत से दो पल, पास जाकर तुम कभी
देखना, अपनी कहानी ख़ुद सुनाएगी नदी।

साथ है कुछ दूर तक ही फिर सभी को छोड़कर
ख़ुद समंदर में किसी दिन डूब जाएगी नदी।

हमने वर्षों विष पिलाकर आज़माया है बहुत
अब हमें भी विष पिलाकर आज़माएगी नदी।

कुँअर बेचैन

दिलों की साँकलें

दिलों की साँकलें और ज़हन की ये कुंदियाँ खोलो
बड़ी भारी घुटन है, द्वार खोलो, खिड़कियाँ खोलो

कसी मुट्ठी को लेकर आए हो गुस्से में हो शायद
मिलाना है जो हमसे हाथ तो ये मुट्ठियाँ खोलो

तुम्हारे घर की रौनक़ ने जो बाँधी हैं अँगोछे में
चलो बैठो, पसीना पोंछो और ये रोटियाँ खोलो

तुम्हारे दोस्त ही लेकर नमक बैठे हैं हाथों में
किसी से कह न देना घाव की ये पट्टियाँ खोलो

सुनो, ये ख़ुदकुशी भी बुज़दिली है ख़ुद को समझाकर
तुम अपने हाथ से अपने गले की रस्सियाँ खोलो

तुम्हारे हर तरफ़ थी आग और तुम फूस के घर थे
तो फिर किसने कहा अंधे कुओं की आँधियाँ खोलो

किसी भी ज़ुल्म के आगे रहोगे मौन यूँ कब तक
ज़ुबाँ जो बाँध रक्खी है उसे अब तो मियाँ, खोलो

तुम्हारे ही सरों पर गर ये बारिश में रहीं तो क्या
मज़ा तो तब है जब औरों की ख़ातिर छतरियाँ खोलो

अजब उलझन में हूँ उसने लिफ़ाफ़े पर लिखा है यह
क़सम है ऐ 'कुँअर' जो तुम ये मेरी चिट्ठियाँ खोलो।

तेरी हर बात चलकर

तेरी हर बात चलकर यूँ भी मेरे जी से आती है
कि जैसे याद की ख़ुशबू किसी हिचकी से आती है

बदन से तेरे आती है मुझे ऐ माँ, वही ख़ुशबू
जो इक पूजा के दीपक में पिघलते घी से आती है

कहाँ से और आएगी मुहब्बत की वो सच्चाई
जो जूठे बेर वाली सरफिरी शबरी से आती है

हज़ारों ख़ुशबुएँ दुनिया में हैं, पर उससे कमतर हैं
जो भूखे को किसी सिंकती हुई रोटी से आती है

ये माना आदमी में फूल जैसे रंग हैं लेकिन
'कुँअर' तहज़ीब की ख़ुशबू मुहब्बत ही से आती है।

ज्यों नदी अपने मुहानों को

ज्यों नदी अपने मुहानों को नहीं काटती है
याद भी गुज़रे ज़मानों को नहीं काटती है

तुमने तो अपने शरणदाता का सर काट दिया
तेज़ तलवार भी म्यानों को नहीं काटती है

नाम मज़हब का लिया काट दिया लोगों को
प्रार्थना कोई, अज़ानों को नहीं काटती है

देश की फ़ौज हो आपस में ये लड़ना छोड़ो
फ़ौज ख़ुद अपने जवानों को नहीं काटती है

लोग जब उनको लड़ाते हैं तभी कटती हैं
ख़ुद पतंग अपनी उड़ानों को नहीं काटती है

मुँह बुज़ुर्गों से न फेरो कि कोई भी तारीख़
कुछ भी हो गुज़रे ज़मानों को नहीं काटती है

अच्छे-अच्छों को हिला जाता है ग़म का सैलाब
बाढ़ क्या पक्के मकानों को नहीं काटती है

बेहिचक कहिए जो हो बात खरे सोने-सी
स्वर्ण की बाली ही कानों को नहीं काटती है

हमने हर आस को 'माँ' कहके पुकारा था यूँ
'माँ' ही बच्चों की उठानों को नहीं काटती है

आओ धागे की जगह प्यार का पानी बन जाएँ
कैंची पानी के उफ़ानों को नहीं काटती है

आख़िरी एक दवा नींद थी लेकिन ऐ 'कुँअर'
नींद भी अब तो थकानों को नहीं काटती है।

खनक उठती हैं टकराकर

खनक उठती हैं टकराकर भी उनसे चूड़ियाँ सारी
कड़ों से सीखिए रिश्ते निभाने की हुनरदारी

कहीं मिल जाएँ तो इंसान से इनको मिला दीजे
मुहब्बत, दोस्ती, इंसानियत, रिश्ते, वफ़ादारी

मियाँ, अब देख लो कितने अकेले रह गए हो तुम
न जाने और कितने रंग दिखलाएगी ख़ुद्दारी

दुकानों में खिलौने देखकर मुँह फेर लेते हैं
किसी मुफ़लिस के बच्चों की कोई देखे ये लाचारी

इधर नदिया किनारे घर मेरा बन भी नहीं पाया
उधर कर ली नदी ने बाढ़ को लाने की तैयारी

किसी दिन देख़ लेना वो उन्हें अंधा बना देगी
घरों में क़ैद कर ली है जिन्होंने रोशनी सारी

चलो अब इस जगह से दूर ही चलकर कहीं बैठें
यहाँ के लोग तो गाने लगे हैं राग दरबारी

बस इस नफ़रत की अगनी ने जला डाला जहाँ सारा
सभी कहते रहे बुझ जा, अरी, तू अब तो बुझ जा री!

'कुँअर' चलने से पहले ही वो थककर बैठ जाती है
मुहब्बत को लगी जिस रोज़ से पैसे की बीमारी।

ज्योति शेखर

जो पत्थर आ के लगता है

जो पत्थर आ के लगता है, मुझे पत्थर नहीं लगता
हैं इतने ज़ख़्म अब ज़ख़्मों से कोई डर नहीं लगता

निकल जाता हूँ अपने जिस्म से अकसर सफ़र पर मैं
मगर जब लौटता हूँ जिस्म अपना घर नहीं लगता

मैं आत्मा हूँ नहीं हूँ जिस्म, जो पहचान लेता है,
कोई क़द उसको अपने जैसा क़द्दावर नहीं लगता

ये दुनिया सर झुकाती है फ़कीरों के मज़ारों पर
कोई भी मेला शाहों के मज़ारों पर नहीं लगता

ये दुनिया ख़्वाब है, और ख़्वाब को तो टूट जाना है
ख़ज़ाने जोड़ते इंसान को अकसर नहीं लगता

है मिट्टी में ही सोना एक दिन, हम इसलिए प्यारे
जहाँ सोते हैं फूलों का कोई बिस्तर नहीं लगता।

हमारे इस मरुस्थल को

हमारे इस मरुस्थल को समंदर देने वाले थे
महल उनका कहाँ है, जो हमें घर देने वाले थे

धुआँ बारूद का पी - पी के अंधी हो गईं आँखें
जिन्हें तुम अम्न का रंगीन मंज़र देने वाले थे

मरा फुटपाथ पर जो उसका इक वारिस नहीं निकला
सुना था आप फुटपाथों को बिस्तर देने वाले थे

वो जिनके होंठ चारण हैं, क़लम यशगान हैं साथी
हुकूमत के ये चातक क्रांति को स्वर देने वाले थे

ये तुम हो जिनकी ख़ातिर ये वतन बस एक कुर्सी है
वो हम थे जो वतन के वास्ते सर देने वाले थे

वो सूरज थे जो ख़ुद डूबे सियासत के अँधेरे में
वो हर घर में ख़ुशी की रोशनी भर देने वाले थे।

हाँ, ग़ज़ल इक हसीन

हाँ, ग़ज़ल इक हसीन ख़्वाब भी है
आपके ज़ुल्म का जवाब भी है

मेरी आँखों में इक सुरूर तो है
मेरी आँखों में इंक़लाब भी है

आज फुटपाथ पर मरा है जो
उसके झोले में इक किताब भी है

जो अँधेरे से लड़ रहा है दिया
कल सुबह का वो आफ़ताब भी है

सारी दुनिया को अपना कहता है
उसकी नीयत ज़रा ख़राब भी है

काँटे सारे बदन में हैं पैवस्त
हाथ में उसके इक गुलाब भी है

भुखमरी पर बहस भी जारी है
बज़्म में जाम भी शराब भी है।

सारी उम्र जिन्हें ढोते हैं

सारी उम्र जिन्हें ढोते हैं घर के बूढ़े लोग
उनके लिए बोझ होते हैं घर के बूढ़े लोग

उनको पता है, जब ये पकेगी वे न यहाँ होंगे
फिर भी फ़सल नई बोते हैं घर के बूढ़े लोग

बच्चे कहते हैं—तहज़ीब नई क्या सीखेंगे,
ये सब तो बूढ़े तोते हैं घर के बूढ़े लोग

ध्यान से देखो, एक उजाला फैला रहता है,
जहाँ फ़रिश्तों-से सोते हैं घर के बूढ़े लोग

जब भी कभी ये, और किसी बूढ़े से मिलते हैं
चुपके-चुपके क्यों रोते हैं घर के बूढ़े लोग

इनको छुओ साँप बनकर, तब भी ठंडक देंगे
चंदन का दरख़्त होते हैं घर के बूढ़े लोग

बोझ पाप का बढ़े तो, इनके क़दमों में रख दो
तीरथ हैं, गुनाह धोते हैं घर के बूढ़े लोग।

नरेन्द्र वसिष्ठ

आईना हमको

आईना हमको दिखाते क्यूँ हो,
आँख ख़ुद इससे चुराते क्यूँ हो

ज़ख़्म अपनों से छुपाते क्यूँ हो,
इनको नासूर बनाते क्यूँ हो

नाम शंकर का मिटाते क्यूँ हो,
ज़हर गंगा में मिलाते क्यूँ हो

घर रहेगा तो मिलेगा साया,
इसकी दीवार गिराते क्यूँ हो

वास्ता तुमको है मैदानों से,
घर पहाड़ों पे बनाते क्यूँ हो

आग लग जाएगी जंगल में 'वसिष्ठ',
एक तिनका भी जलाते क्यूँ हो।

पत्थरों के शहर में

पत्थरों के शहर में घबरा गए
आईना लेकर कहाँ हम आ गए

घर मेरा तामीर होता किस तरह,
लोग जब बुनियाद ही बिखरा गए

कोई भी मौसम न गर्मी दे सका,
बर्फ़ की चादर सभी फैला गए

हम हैं दरिया और तुम चट्टान हो,
इत्तिफ़ाक़न राह में टकरा गए

जाम कब हाथों में आया ऐ 'वसिष्ठ',
तश्नगी के फूल जब मुरझा गए।

ऐ वादे सबा हमको

ऐ वादे सबा हमको न उड़ा हमको भी चमन में रहने दे
जिस पेड़ के टूटे पत्ते हैं उस पेड़ से कुछ तो कहने दे

तूफ़ान ! ये मेरा कच्चा घर जिस हाल में है बस रहने दे,
ढहना ही मुक़द्दर जब ठहरा तो रफ़्ता-रफ़्ता ढहने दे

है उनके लिए तो दुनिया की हर एक ख़ुशी हर एक किरण,
ऐ रात ! मुझे सब ग़म दे दे उनको न कोई दुःख सहने दे

ऐ शम्अ ! तुझे परवानों की क्यूँ फ़िक्र है, क्यूँ अंदेशा है,
पर जलते हैं तो जलने दे, तन दहता है तो दहने दे

पत्थर से क्यूँ मोड़ रहा है रुख़ इस बहते पानी का,
जज़्बात के इस दरिया को 'वसिष्ठ' ख़ुद इसके ढंग से बहने दे।

रात मेरी आँखों में

रात मेरी आँखों में कुछ यादों के दीप जलाती है
तन्हाई के साथ मुझे बेदारी भी तड़पाती है

अकसर नींद मेरे ख़्वाबों को यह मंज़र दे जाती है,
एक शिकस्ता नाव है लेकिन तूफ़ाँ से टकराती है

बसी हुई धरती से मुझको तारों में ले जाती है,
मेरी सोच न जाने मुझको कहाँ-कहाँ भटकाती है

गूँज मेरे अफ़साने की मेरे कानों तक आती है,
एक तेरा अफ़साना है जिसको महफ़िल दोहराती है

ऐ 'वसिष्ठ' अब रह-रहकर यह दुनिया मुझे सताती है,
दिल से नक़्श हटाकर मेरे नए नक़्श दे जाती है।

पुरुषोत्तम 'वज्र'

चिलचिलाती हुई दुपहरी

चिलचिलाती हुई दुपहरी - सी
और होंठों पे प्यास ठहरी - सी

रोज़ होती है उम्रक़ैद हमें
ज़िंदगी बन गई कचहरी - सी

जब गुज़रती है वो मुँडेरों से
धूप लगती है इक गिलहरी-सी

वो जो करता है दोहरी बातें
शख़्सियत उसकी है इकहरी - सी

जिसकी अस्मत लुटी सरेबाज़ार
बन गई वो तो गूँगी-बहरी-सी

रात में चाँदनी सिखाती है
सुबह होती है सच सुनहरी-सी।

घर है नहीं

घर है नहीं, न सर पे कोई सायबान है
उस आदमी को देखिए कितना महान् है

कैसे सुनाए दर्द वो अपना बताइए
जो जानवर नहीं है मगर बेज़ुबान है

हाथों में डिग्रियाँ थीं, और आँखों में बेबसी
लटका मिला जो पेड़ से इक नौजवान है

कैसे करे शिकार वो मछली की आँख का
अर्जुन के हाथ सौंप दी टूटी कमान है

जिनका जवाब ही नहीं, ऐसे हैं सब सवाल,
अब देखिएगा कैसा मेरा इम्तिहान है।

एक ऋषि के शाप से

एक ऋषि के शाप से लटका हुआ जो वृक्ष से
अब युधिष्ठिर प्रश्न पूछेगा स्वयं उस यक्ष से

बात इतनी बढ़ गई क्यों, इतना बतलाएँ ज़रा
चल दिए क्यों आप उठकर बिन बताए कक्ष से

पक्ष में ही हो गए इतने धड़े हैं दोस्तो
अब बची उम्मीद है केवल हमें प्रतिपक्ष से

ख़ास बातों के लिए ही यह सभा बैठी यहाँ
प्रश्न ऐसे पूछिए मत आप अब अध्यक्ष से

जो कलाबाज़ी दिखाता पेट की ख़ातिर सदा
तोड़ता है मारकर पत्थर अब अपने वक्ष से।

आसमानों का नज़ारा

आसमानों का नज़ारा हमको बतलाएँ हुज़ूर !
टूटता है क्यों सितारा इतना बतलाएँ हुज़ूर !

आप सपनों के शहर से लौटकर जब आएँगे
एक प्यारा-सा सपन तो साथ में लाएँ हुज़ूर !

आपका दावा सही, हैं आप, सूरज की तरह
अपने दावे के लिए कुछ धूप फैलाएँ हुज़ूर !

इस जगह मंदिर बने या फिर कोई मस्जिद बने
किसकी है इसमें सियासत इतना बतलाएँ हुज़ूर !

दूर से ही आपके हम दूरदर्शन कर रहे
हममें ऐसी बात क्या है पास तो आएँ हुज़ूर !

प्रभात शंकर

कोई अंदर ही अंदर

कोई अंदर ही अंदर रोकता है
मुझे झुकने से अकसर रोकता है

अँधेरा रात में दीपक जलाकर
भटकने से बराबर रोकता है

निकलता हूँ मैं जब अपनी हदों से
मुझे वो हाथ उठाकर रोकता है

मुझे परवा नहीं कुछ पर्वतों की
मेरा रस्ता समंदर रोकता है

मुझे जंगल बुलाता तो बहुत है
मगर मुझको मेरा घर रोकता है

मैं कहना तो बहुत कुछ चाहता हूँ
मगर मुझको कोई डर रोकता है

दोस्ती के, प्यार के रिश्ते

दोस्ती के, प्यार के रिश्ते फ़साने हो गए
अब बदल दो यार ये कपड़े पुराने हो गए

टोकरों में आज हैं, कल तक गले का हार थे,
हम किसी टूटी हुई माला के दाने हो गए

मैं खिलौनों की दुकानों का पता पूछा किया
और मेरे फूल - से बच्चे सयाने हो गए

छोड़ आया था मैं बचपन में जहाँ हरियालियाँ
गाँव लौटा तो वहाँ भी कारख़ाने हो गए

अब किसी के आँसुओं में हमको दिलचस्पी नहीं
शहर में आए तो हम कितने सयाने हो गए,

जिनकी सारी उम्र तिनके जोड़ने में कट गई
उन बुजुर्गों के लिए घर क़ैदख़ाने हो गए

अब कोई अच्छी ग़ज़ल कहना यहाँ मुमकिन नहीं
मुख़्तलिफ़ कितने यहाँ लफ़्ज़ों के माने हो गए

कहाँ खिलना है

कहाँ खिलना है, मुरझाना कहाँ है
गुलों ने भेद ये जाना कहाँ है

ये बहरे बादलों को क्या ख़बर है
कि पानी इनको बरसाना कहाँ है

ये हमको भी नहीं मालूम शायद
कि हमको हाथ फैलाना कहाँ है

सज़ा पाएँगे हम अपने किए की
अभी लोगों ने पहचाना कहाँ है

यहाँ सब अपनी-अपनी फ़िक्र में हैं
ये बस्ती है तो वीराना कहाँ है ?

जलती रात औ' गर्म चाँदनी

जलती रात औ' गर्म चाँदनी, धूल उड़ाती तेज़ हवा
जाने क्या गुल दिन में खिलाए ये लहराती तेज़ हवा

घने अँधेरों से आख़िर क्यों इतनी जल्दी हार गए,
तुम तो कोई दीप जलाते लाख बुझाती तेज़ हवा

बालकनी में देर से बैठा सोच रहा हूँ काश ! मुझे
मेरे गाँव उड़ा ले जाती सावन गाती तेज़ हवा

लाखों दीप बुझाकर शायद शर्मिंदा-शर्मिंदा है,
वरना फिर क्यों जंगल-जंगल सर टकराती तेज़ हवा

जाने कैसे पार लगा मैं ख़ुद मुझको मालूम नहीं
टूटी कश्ती, गहरा सागर, शोर मचाती तेज़ हवा।

महेश जोशी

इक अजब-सा दृश्य था

इक अजब-सा दृश्य था बाज़ार में
बिक रहा था जाने क्या बाज़ार में

कट गईं जेबें सभी विश्वास की
क्या करें अब वो भला बाज़ार में

पास मेरे कुछ नहीं था दोस्तो,
ख़्वाब लेकर आ गया बाज़ार में

भीड़ से आगे निकल पाया नहीं
वक़्त भी रोता मिला बाज़ार में

घूमते हो बदहवासी में यहाँ
खो गया क्या आपका बाज़ार में

सच की मंडी में बहुत मंदी रही
बिक न पाया आईना बाज़ार में।

जब-जब मौसम

जब-जब मौसम रंग बदलने लगता है
आँखों में इक ख़्वाब पिघलने लगता है

होमवर्क, ट्यूशन, शाला, भारी बस्ता
बच्चा अकसर नींद में चलने लगता है

उड़कर आती है ख़बरों की चिंगारी
शहर अचानक सारा जलने लगता है

या तो पंछी देर से अब घर आते हैं
या दिन थोड़ा पहले ढलने लगता है

चलती है जब बात अम्न की दुनिया में
एक पड़ोसी आग उगलने लगता है।

हो गया पानी

हो गया पानी, हमारे सर्द सीनों का लहू
दौड़ता है अब रगों में बस मशीनों का लहू

डस रहे हैं अब हमें वो ही पलटकर दोस्तो
हम जिन्हें पिलवा रहे थे आस्तीनों का लहू

ओढ़कर सदियों से चादर ख़ौफ़ की बैठे हैं वो
जिनके महलों में बिछा, मजबूर दीनों का लहू

ऐ ख़ुदा, तू ही बचाना अब ये नीला आसमाँ
चूस डाला आदमी ने इन ज़मीनों का लहू

कह गया क़िस्से सफ़र के सिसकियों में डूबकर
हर तरफ़ बिखरा हुआ मेरे यक़ीनों का लहू।

सोचता हूँ जब मेरा बेटा

सोचता हूँ जब मेरा बेटा बड़ा हो जाएगा
तो मेरी बैसाखियाँ, माँ की दवा हो जाएगा

पेड़ यादों का यूँ ही बढ़ता गया तो देखना
इस सफ़र की धूप में कुछ आसरा हो जाएगा

न्याय के दरबार में मुझको यही चिंता रही
मैं अगर सच कह गया तो जाने क्या हो जाएगा

सीख लूँगा मैं उसी से ज़िंदा रहने का हुनर
जब कभी भी ज़िंदगी से सामना हो जाएगा

गोपियों को छोड़ देगा फिर कभी कान्हा तो सुन
राग तेरी बाँसुरी का बेसुरा हो जाएगा।

योगेन्द्र दत्त शर्मा

बिगड़ते रिश्तों को

बिगड़ते रिश्तों को फिर से बहाल मत करना,
जो टूट जाएँ तो उनका ख़याल मत करना

हरेक दोस्त को बढ़कर गले लगा लेना,
किसी बिछुड़ते हुए का मलाल मत करना

जिन्हें सुने तो कोई बेनक़ाब हो जाए,
किसी से भूलकर ऐसे सवाल मत करना

नज़र चुरानी पड़े आईने से रह - रहकर,
ज़मीर इतना भी अपना हलाल मत करना

वफ़ा-ओ-प्यार की उम्मीद दुनियादारों से,
तुम अपने होश में ऐसा कमाल मत करना

पड़ी है उम्र अभी, और बहुत-सी चोटें हैं,
तुम अपने मन को अभी से निढाल मत करना

उसूल, दोस्ती, ईमान, प्यार, सच्चाई,
तुम अपनी ज़िंदगी इनसे मुहाल मत करना।

नींद टूटी तो

नींद टूटी तो ख़्वाब का मौसम,
उफ़, ये उतरी शराब का मौसम

हर टिटहरी की प्यास दफ़्न हुई,
ख़ूब है यह सराब का मौसम

ये उदासी, थकन, ये ख़ामोशी,
अब यही है शबाब का मौसम

बादलों को सलाम करता है
आजकल आफ़ताब का मौसम

चाटकर ओस मस्त रहता है,
ख़ुश्क, प्यासे गुलाब का मौसम

कल का बिगड़ा नवाब है शायद,
आज ख़ानाख़राब का मौसम

पर्त-दर-पर्त अक्स चेहरों के,
फ़ितनागर है नक़ाब का मौसम।

वह जो सबको

वह जो सबको कोस रहा है
ख़ुद अब तक मदहोश रहा है

बाढ़ किनारों को ले डूबी,
लेकिन पुल ख़ामोश रहा है

मुझ तक क्यों आ गई रोशनी,
उसको यह अफ़सोस रहा है

दरक गई दीवार काँच की,
पर मौसम बेहोश रहा है

यों ही चीता नहीं बना वह,
अरसे तक ख़रगोश रहा है

सन्नाटे में करे धमाका,
किसमें इतना जोश रहा है

अहले - अदब बना बैठा है,
कल तक क़लम-फ़रोश रहा है

सूरजमुखी थके, मुरझाए,
पर सूरज रूपोश रहा है

वह भूखे लोगों के आगे,
झूठे ख़्वाब परोस रहा है।

ये हादसा भरी महफ़िल में

ये हादसा भरी महफ़िल में बार - बार हुआ
तलाश थी हमें जिसकी, वही फ़रार हुआ

ये दौर क्या है, ये कैसा अजीब मौसम है,
शहीद मैं हुआ, पर किसको एतबार हुआ

मेरे शहर में ये कैसी हवा चली यारो,
मैं क़त्ल भी हुआ, फिर भी मैं गुनहगार हुआ

मैं फूल बनके चमन में महक लुटाता रहा,
मेरा वजूद मगर काँटों में शुमार हुआ

तमाम उम्र भटकती रही ख़लाओं में,
मेरी सदा का भला किसको इंतज़ार हुआ

मेरे बनाए हुए रास्ते थे, पर उनसे
मेरा गुज़रना रक़ीबों को नागवार हुआ

जो ख़ुशबुओं का गला घोंटने में माहिर था,
वो रातों-रात ही ख़ुशबू का इश्तहार हुआ

मुझे मिटाके, चला है सँवारने सब्ज़ा,
सितमज़रीफ़ बड़ा मौसमे - बहार हुआ।

उसी ने मुझको डसा साँप की तरह आख़िर,
कभी जो शौक़ से मेरे गले का हार हुआ।

रंजना अग्रवाल

माना कि झुक चली है कमर

माना कि झुक चली है कमर अब थकान से
सर तो उठा हुआ है मगर स्वाभिमान से

हिंदू है, कोई सिख है, मुसलमान है कोई
इंसाँ को ढूँढ़ लाएँ भला किस जहान से

हम ही ज़मीं से दर्द मिटाएँगे दोस्तो
उतरेगा फ़रिश्ता न कोई आसमान से

मंज़िल मिले, मिले, न मिले कोई ग़म नहीं
थकते नहीं हैं दोस्त परिंदे उड़ान से

टिक पाएँगी कहाँ ये अँधेरों की साज़िशें
कुछ रोशनी मिलेगी अगर हर मकान से।

भीड़ का साथ निभाने की

भीड़ का साथ निभाने की ज़रूरत क्या है
लोग पत्थर हैं मनाने की ज़रूरत क्या है

अपने क़दमों पे भरोसा तो करो ऐ हमदम
साथ चलने को ज़माने की ज़रूरत क्या है

आओ हम तल्ख़ हक़ीक़त से निभाना सीखें
यूँ हक़ीक़त को भुलाने की ज़रूरत क्या है

बढ़के साहिल को भी आईना दिखा दें आओ
इस क़दर आँख चुराने की ज़रूरत क्या है

ज़िंदगी अपनी, क़दम अपने, है मंज़िल अपनी
राह चलने को बहाने की ज़रूरत क्या है ?

क्या ख़बर थी

क्या ख़बर थी कि वो हर बात मुकर जाएँगे
वक़्त आएगा तो हालात से डर जाएँगे

है नहीं ख़ौफ़ हवाओं की शरारत का हमें
हम नहीं ताश का इक घर जो बिखर जाएँगे

हमने सीखा ही नहीं डर के बदलना राहें
ख़ुद ही शरमा के ये तूफ़ान ठहर जाएँगे

दर्द की ज़िद है कि छीनेगा मेरे दिल का सुकूँ
है यक़ीं अपना कि हम और निखर जाएँगे

उनके चेहरों पे नक़ाबों को पड़ा रहने दो
वरना वो अपनी ही नज़रों से उतर जाएँगे।

कभी ख़ुद से बाहर

कभी ख़ुद से बाहर निकलकर तो देखो
किसी ग़ैर के ग़म में जलकर तो देखो

तुम्हें ज़िंदगी ख़ूबसूरत लगेगी
ज़रा सोच को कुछ बदलकर तो देखो

अगर जानना है हक़ीक़त तो आओ
क़दम-दो क़दम साथ चलकर तो देखो

सहारा मिलेगा यक़ीनन कहीं से
ज़रा ख़ुद भी थोड़ा सँभलकर तो देखो

ज़माने से शिकवे किए पर कभी ख़ुद
ज़रा ख़ुद के साँचों में ढलकर तो देखो।

रामनारायण स्वामी

पलक झपकते सयानों ने

पलक झपकते सयानों ने देख ली दुनिया
कहाँ से पैदा हुई किस तरह बसी दुनिया

हर इक सवाल का ढूँढ़ा जवाब लोगों ने
बनी न बात यहाँ से तो दूसरी दुनिया

ख़ुदा का अर्श, फ़रिश्तों का अदम जो भी हो
हमारी आँख का सच है ज़मीन की दुनिया

बहिश्त आग की ज़द में कभी रहा होगा
कि लाल-लाल उतरती है आज भी दुनिया

नज़र-नज़र में मनाज़िर हैं दौरे-अव्वल के
कि उनका दावा सही है कि है नई दुनिया

मिटा भी दोगे मिटाने पे आ गए जो तुम
करोगे क्या जो दुबारा कभी बनी दुनिया

वजूदे-ख़ुद को कहीं और छोड़ आई है
सिखा रही है ख़ुदाओं को बेख़ुदी दुनिया

यही है ग़म कि ज़माना सुख़नशनास नहीं,
नहीं तो होती ज़रा और-और-सी दुनिया

अदब के नाम पे 'अन्क़ा' ने बदख़ती की है
ज़रा-सी उम्र नहीं, बात में बड़ी दुनिया।

* ध्यातव्य है कि कवि का उपनाम 'अन्क़ा' है।

फिर न लौटेगा ये मंज़र

फिर न लौटेगा ये मंज़र आँख भरकर देख लूँ
इस सदी के जिस्म पर ज़ख़्मों के ज़ेवर देख लूँ

देख लूँ इस ज़िंदगी को और कुछ नज़दीक से
इसके भीतर की हक़ीक़त इसके बाहर देख लूँ

क्या पता कल इस जगह भी हो दुकानों का वजूद
यह बग़ीचा यह गली यह मोड़ यह घर देख लूँ

मुल्क़ में आया हुआ है इनक़लाबे - पैरहन
मेरे हिस्से कौन - सी आई है चादर देख लूँ

यूँ कई बातों में बेहतर है नई तहज़ीब ये
बेसिरों के पाँव सहलाते हुए सर देख लूँ

और अब हूँ सामने आईन - ए - हालात के
और अब मैं सोचता हूँ कोई पत्थर देख लूँ

आँख को हैरत कि खाई में पड़ा है आसमाँ
दिल की ये ख़्वाहिश कि मैं थोड़ा-सा ऊपर देख लूँ

गो कोई उम्मीद अब दिखती नहीं इस राह में
और आगे और थोड़ा और चलकर देख लूँ

गरचे अब फ़सलें नहीं देतीं ये उर्वर मिट्टियाँ
यह मुनासिब तो नहीं 'स्वामी' कि बंजर देख लूँ।

अलग ही सा जहाँ था वो

अलग ही सा जहाँ था वो, अलग ही सा ज़माना था
हर इक शै शाइराना थी, हर इक दिल आशिक़ाना था

कहाँ ये सरहदों के दिन कहाँ वो अर्श का आलम
जहाँ चाहो जिधर जाओ खुला-सा आना-जाना था

अभी तो हाल ये है, हर तरफ़ नफ़रत की तक़रीरें
कभी लेकिन हर इक लब पर मुहब्बत का फ़साना था

दिलों की वादियाँ आबाद थीं परवाज़ की ख़ातिर
सुनहले पंख थे और हर तरफ़ उड़ना - उड़ाना था

हमें है याद कोई दिन उड़े और ख़ुल्द में पहुँचे
मज़े की सैर थी साहिब ! मज़े ही का बहाना था।

हुआ मालूम जन्नत में सियासत ही नहीं होती
गुलों-से लोग थे और ख़ुशबुओं का अशियाना था

फ़रिश्तों ने बहुत रोका, बहुत समझाया हूरों ने
मगर हम रुक नहीं पाए हमें आगे भी जाना था

अदम से भी परे इक शख़्स ख़ुद में मुब्तिला-सा था
हमें देखा तो वो कहने लगा—तुमको भी आना था !

तो साहिब ! वादिए-दिल की ख़बर कर दीजिए सबको
यही 'अन्क़ा' ने जाना है, यही ग़ालिब ने माना था।

कहीं गुज़रे चटानों से

कहीं गुज़रे चटानों से, कहीं अशजार से गुज़रे
नहीं था गो नहीं था फिर भी कू-ए-यार से गुज़रे

ग़ज़ल की आशनाई में चमन में ख़ार से गुज़रे
बहर की तंग गलियों में बड़े अशआर से गुज़रे

कहाँ तक देखते और किस नज़र से देखते या रब !
निगाहों की वज़ाहत में महज़ दो-चार से गुज़रे

मुसव्विर नक़्श कर लो इस नए अहसासे-गुज़राँ को
खुशी का रास्ता गोया दिले-ग़मख़्वार से गुज़रे

यहाँ की ठोकरें भी किस क़दर पुरलुत्फ़ हैं 'अन्क़ा'
कोई इस राह में गुज़रे कभी तो प्यार से गुज़रे।

रामनिवास 'मानव'

क़दम आज इतिहास के

क़दम आज इतिहास के ठहरे-से हैं
सच की सब हदों पर पहरे-से हैं

महानगर की तरह लोग इस दौर में
संवेदना - शून्य और बहरे - से हैं

आईने की फितरत क्या हुई, दिखते
हर चेहरे पर कई चेहरे - से हैं

भीड़ में भी गुमसुम है एक चेहरा
दिल में घाव उसके कुछ गहरे-से हैं

गौतम और गोविंद की सरज़मीं पे
परचम आज नादिर के फहरे-से हैं।

रहबरी से रहज़नी तक

रहबरी से रहज़नी तक सुबह-शाम इस बस्ती में
जाने क्या-क्या होता है सरेआम इस बस्ती में

किसे निबाहें, किसे सराहें, करें भरोसा किस पर
संबंध सभी हुए हैं दुआ-सलाम इस बस्ती में

केवल दर्द नहीं है दिल में किसी और की ख़ातिर
बाक़ी और सभी तो हैं तामझाम इस बस्ती में

काँटे, छुरी, मुखौटे, जो भी चाहो मिल जाएँगे
दोस्तों की ख़ातिर हैं सब इंतज़ाम इस बस्ती में

काजल की कोठरियों में, चोर शान से बैठे हैं
शीशाघर 'मानव' का हुआ बदनाम इस बस्ती में।

ख़ाली हुई है ज़िंदगी

ख़ाली हुई है ज़िंदगी अब तो वादों की तरह
उथली हुई है आस्था झूठे इरादों की तरह

अशक्त हुआ है आदमी आज बिलकुल अभाव से
ढोता है मजबूरियाँ फिर भी लबादों की तरह

शतरंजी इस खेल में शक्ति और सत्ता के बीच
हम हमेशा ही रहे हैं केवल प्यादों की तरह

धर्म और ईमान सभी हैं खाने के नाम पर
खा रहे इंसानियत हम साथ सलादों की तरह

बदबू - भरे वातावरण में दम अब घुटने लगा
छीज रहे विश्वास सब पुरानी यादों की तरह।

कोण उनकी सोच का

कोण उनकी सोच का बदला तो है
आदमी अब बहस का मुद्र्दा तो है

इस इमारत में इक दरवाज़ा नहीं
दरवाज़े के नाम पर पर्दा तो है

कुछ कर न सके चाहे उनके वास्ते
काफ़ी है जो आपकी दुआ तो है

पूछा नहीं किसी ने ज़िंदा था जब
किंतु सबक काम का मुर्दा तो है

आदमियत का ख़ून करके ही सही
वो ख़ुश है अब उनकी चर्चा तो है

कैसे मानें कमज़ोर उस शख़्स को
उसके हाथों में अदद पर्चा तो है।

कुछ भरम होते

कुछ भरम होते, कुछ अनबूझ इशारे होते
दोस्त ये ज़िंदगी फिर हम न यूँ हारे होते

जो हमें प्यार की दौलत का ख़ज़ाना मिलता
दौलते दुनिया को हम शौक़ से हारे होते

घूमते रहते सुबहोशाम जुनूँ में अपने
एक दीवार की उम्मीद के मारे होते

हाथ ले हाथ में हम साथ किसी के चलते
और क़दमों तले ये चाँद - सितारे होते

हर नफ़रत प्यार की बौछार में भीगी होती
हर कहीं प्यार के रंगीन नज़ारे होते

ज़िंदगानी जिसे कहते हैं भरम है 'लक्ष्मण'
कच्चे धागों के ही कुछ अपने सहारे होते।

कभी पहले नहीं थी

कभी पहले नहीं थी ज़िंदगी में बेकली ऐसी
अचानक छू गई दिल को हमारे कुछ कमी ऐसी

मुकम्मिल, साफ़ और बेदाग़ हो जो हर तरीक़े से
न मेरी ज़िंदगी ऐसी, न मेरी शायरी ऐसी

कहा इतना मगर बाक़ी है अब भी अनकहा ज़्यादा
अपाहिज हो गई वाणी रही कुछ बेबसी ऐसी

ख़ुशी के नाम के पीछे मिटा दी हर ख़ुशी मैंने
ग़मों के पास जा बैठा मिली मुझको ख़ुशी ऐसी

जले ख़ुद, और फैलाए उजाला हर दिशा में जो
भला इस दौर में लाएँ कहाँ से रोशनी ऐसी

बचाएगा अगर कपड़े, सनेंगे हाथ कीचड़ से
बनी है हर जगह पर झूठ की मौजूदगी ऐसी

सभी बैठे हुए हैं ख़्वाहिशों के शीशमहलों में
उदासी के ख़ज़ाने दे, कहाँ आवारगी ऐसी

करम है दोस्तों का, ख़ैरख़ाहों का बहुत 'लक्ष्मण'
बुरी हालत हमारी थी नहीं वरना कभी ऐसी।

शब्द-पथ पर

शब्द-पथ पर मौन का इक घर मिले
फिर ज़रा आगे मुझे ईश्वर मिले

चिलचिलाती धूप में इस पथिक को
काश ! छाया से लदा तरुवर मिले

जिनकी सदियों से रही मुझको तलाश
रास्ते में बो मुझे अकसर मिले

ख़्वाहिशों का हाय मायावी सफ़र !
धड़ कहीं पर तो कहीं पर सर मिले

फूल बिखराए तुम्हारी राह में
पर तुम्हारी ओर से पत्थर मिले

रोटियों के थे जहाँ लाले पड़े
उन घरों में सैकड़ों ख़ंजर मिले

चल पिएँ हम अपने हिस्से का ज़हर
अब तो मुश्किल है कोई शंकर मिले

'लक्ष्मण' जो बन सके ग़म की ज़ुबाँ
आज मुश्किल है कोई शायर मिले।

चंद लमहे संग

चंद लमहे संग जीने दीजिए
घूँट - भर आकाश पीने दीजिए

हो अगर कोई नदी अहसास की
वो उमीदों के सफ़ीने दीजिए

नफ़रतों में जल रहे इंसान को
प्यार के मंदिर - मदीने दीजिए

फूल-से नाज़ुक नरम जज़्बात को
पत्थरों से सख़्त सीने दीजिए

रूप नयनों का बिखरना चाहिए
आँसुओं के कुछ नगीने दीजिए

ऐश में डूबे हुए ईमान को
कुछ मशक्कत, कुछ पसीने दीजिए

आप गुलछर्रे उड़ाएँ, ठीक है,
चैन से हमको भी जीने दीजिए।

विजय किशोर 'मानव'

बौने हुए विराट

बौने हुए विराट हमारे गाँव में
बगुले हैं सम्राट हमारे गाँव में

घर-घर लगे धर्मकाँटे तो हैं लेकिन,
नक़ली सारे बाट हमारे गाँव में

सभी सुखों के आश्वासन हर मछली को,
मछुआरे हैं घाट हमारे गाँव में

मुखिया का कुरता है खालिस रेशम का,
भीड़ पहनती टाट हमारे गाँव में

सुबह पीठ पूरी मिलती है छिली हुई,
चुभती है हर खाट हमारे गाँव में

आधी रात शुरू होकर दिन-भर चलते,
चक्की के दो पाट हमारे गाँव में

दिन-भर खटकर आधे पेट पड़े सोना,
ऐसा बंदरबाँट हमारे गाँव में।

एक ओर माँ लेटी

एक ओर माँ लेटी, एक ओर बाबू जी
खाँस रहे माँ से भी ज़ोर-ज़ोर बाबू जी

बोए कोई, काटे दूसरा, चरे कोई,
चीख़ा करते बैठे चोर - चोर बाबू जी

चौतरफ़ा नए लोग, जुते हुए बैलों से,
देख रहे चाबुक से लैस ढोर बाबू जी

चूर आईने मिलते सुबह गली में बिखरे,
रोज़ फेंकते हैं किरचें बटोर बाबू जी

मोमबत्तियों जैसे जले - गले उन रातों,
बैठे सर पीट रहे देख भोर बाबूजी

फाड़कर कमीज़ दिया गुल करके बैठ गए,
अंधों के हाथों में देख डोर बाबू जी

आधी चिट्ठी बाँची, आँखें पूरी भरीं,
डूब गए बेटे में पोर - पोर बाबू जी।

बहुत उदास वज़ीरों में

बहुत उदास वज़ीरों में एक मैं भी हूँ
शाहदिल चंद फ़कीरों में एक मैं भी हूँ

मेरे तमाम गुनाहों की सज़ा है शायद
शहर की हाँफती भीड़ों में एक मैं भी हूँ

जो स्याह रात के माथे पे भोर लिखती हैं
कुछ ऐसी सुर्ख़ लकीरों में एक मैं भी हूँ

जो थक के उठते हैं, चलते हैं, चला करते हैं
लाम के थोड़े-से मीरों में एक मैं भी हूँ

वो जिसने मुझको चलाया, उसे भी याद नहीं
लग के खोए हुए तीरों में एक मैं भी हूँ।

आँधी में जिए हैं

आँधी में भी जिए हैं हमारे शहर में लोग
पर अब बुझे दिए हैं हमारे शहर में लोग

बारूद, नक़ाबें, सलीब, माचिसें तमाम,
क्या-क्या जमा किए हैं हमारे शहर में लोग

हर शक्ल चीख़ती है, बुत पसीजते नहीं
अब तक यूँ ही जिए हैं हमारे शहर में लोग

पाँवों पे पेट, पीठ पर निशान पाँव के
कंधों पे घर लिए हैं हमारे शहर में लोग

ईमान गुमशुदा है, फ़रेबों के ठिकाने
फिर होंठ क्यों सिये हैं हमारे शहर में लोग।

विनीता गुप्ता

बदल रहा है क्योंकर मौसम

बदल रहा है क्योंकर मौसम पल-पल मेरी बस्ती का
कहाँ-कहाँ पर बरसा जाकर बादल मेरी बस्ती का

कहीं मुखौटे घूम रहे हैं, कहीं लबादों का जमघट
कौन बताए, किसने खींचा आँचल मेरी बस्ती का

बहुत दिनों से घुमड़ रहा था जाने क्या भीतर-भीतर
आज अचानक बरस पड़ा मन छलछल मेरी बस्ती का

मुँडेरों पर बैठ कबूतर सोच रहा है गुमसुम - सा
घर-घर आकर सिमट गया क्यों चंबल मेरी बस्ती का

दौर हादसों का था, लेकिन चुप्पी भी मरघट जैसी
शोर मचाता था रह-रहकर पागल मेरी बस्ती का।

नाम के सूरज हैं

नाम के सूरज हैं चमकना नहीं आता
बादल बने फिरते हैं बरसना नहीं आता

वो इसलिए नाराज़ हमसे रहते हैं हरदम
बातों में उनकी हमको उलझना नहीं आता

धूपों में जले आज तक, आगे भी जलेंगे
हमको तुम्हारे साये में पलना नहीं आता

तूफ़ान बनके आओ, चाहे आँधियाँ बनो
है दर्द का दरख़्त उखड़ना नहीं आता

ऐसा नहीं कि कुछ भी हिलाता नहीं मुझे
हाँ, दर्द को आँसू में बदलना नहीं आता।

अपनी ज़िद पर थे अड़े

अपनी ज़िद पर थे अड़े सारे हठीले पत्ते
इसलिए शाख़ से टूटे थे वो पीले पत्ते

इन फ़िज़ाओं में जो फैला है धुआँओं का असर
किसने फेंके हैं यहाँ आग में गीले पत्ते

सच की क़ीमत तू बता कब तलक चुकाएगा
ये ही बेहतर है कि अब होंठ तू सी ले पत्ते

जिस्म छलनी है किया, शहरी अदाओं ने मेरा
अब ना मुझसे यूँ कहो और तू जी ले पत्ते

क्या मसीहाई को वे भी थे परेशान 'विनीता'
किसलिए पी के ज़हर हो गए नीले पत्ते।

शब्दहीन है आसमान

शब्दहीन है आसमान और धरती बनी रुदाली है
अभी शहर से गुज़री शायद आँधी काली-काली है

छंद, सोरठा, दोहा, बीते युग की बातें लगती हैं,
चौपाई भी नहीं, यहाँ तो हर मानस अर्द्धाली है

स्वार्थों की ख़ातिर, जब-जब सुग्रीव-राम आ मिलते हैं
गठबंधन होते हैं गुपचुप, मारा जाता बाली है

वर्तमान को निगल सके, बस इतना ही काफ़ी होगा
बीते बरसों की अब हमको करनी नहीं जुगाली है

दुबक जाऊँ अपनी खोली में, फेंक लबादा दुनिया का
दुनिया का क्या, यह दुनिया तो अपनी देखी-भाली है।

शिवबहादुर सिंह भदौरिया

याद आते हो तुम

याद आते हो तुम इस तरह आजकल
जैसे गंगा में गिरता हो कोई कमल

दिल की दीवार फिर टूटने को हुई
होंठ तक आने वाली है कोई ग़ज़ल

आँखें मलने का कैसा बहाना किए
हम ढहाते रहे आँसुओं के महल

अर्थ के सिंधु में शब्द - सा कूदते
आपको मैंने देखा था पहले पहल

पंखुरी पंखुरी चढ़ गई मूर्ति पर
डाल पर खिलने का अब नहीं कोई हल

दो अगरबत्तियाँ साथ सुलगाइए
भस्म में ही सही देख लें योगफल।

कहिए कि बच गए हम

कहिए कि बच गए हम बरबाद होते-होते
वर्ना हुआ न क्या-क्या आबाद होते-होते

अच्छी अगर न लगती झंकार बेड़ियों की
ज़ंजीर क्यों पहनते आज़ाद होते - होते

हाँ ! जानकारियों के जमघट जुड़े थे मुझमें
भूले हैं यकबयक हम कुछ याद होते-होते

आया तो वो सिमटकर अकसर ग़ज़ल के भीतर
फिर क्यों छिटक गया है इरशाद होते-होते

कभी अर्थ लापता है, कभी शब्द खो गए हैं
कभी मूर्ति मिट गई है संवाद होते-होते।

मैं ही बिंधने को हूँ बेहाल

मैं ही बिंधने को हूँ बेहाल ये जाना जाए
शर्त ये है कि कोई जाल न ताना जाए

साँस के पेड़ पे शब्दों की चहकती चिड़िया
मेरा सुनना, मेरा सुर-ताल न माना जाए

पंख नुचते हुए देखा है तड़पता हारिल
मेरे देखे को मेरा हाल न माना जाए

मेरी अभिव्यक्तियाँ संभव हैं कई रंग बदलें
मेरी बातों को बहरहाल न माना जाए

हाथ मेरा मेरी परछाईं ने थामा होगा
छाँव छूना सूएविसाल न माना जाए।

आघात आँधियों के

आघात आँधियों के हर पेड़ पर पड़े हैं
जिनकी जड़ें हैं गहरी वे आज भी खड़े हैं

किस घाट थी पहुँचनी, किस घाट जा लगी है
अब नाव के मुसाफ़िर इस सोच में पड़े हैं

हैं देखने के लायक ऊँचाइयाँ हमारी
इस वक़्त हम अहम की मीनार पर खड़े हैं

घुटनों से अधिक पानी, दिखता तो नहीं फिर भी
क्या बात है नदी में डूबे बड़े - बड़े हैं

दिन के उजाले ज़्यादा ख़ूँख़ार हो रहे हैं
वे लोग अँधेरों से बेकार ही लड़े हैं

यूँ तैश में उछलकर बोला 'शिवम' से पानी
क्यों फेंकते हो मुझको औंधे हुए घड़े हैं।

श्रवण राही

सींचा है तुमने पानी

सींचा है तुमने पानी अकसर कटेलियों में
ख़ुशबू तलाशते हो बेला - चमेलियों में

गलियों में घुप अँधेरे कैसे दिए जलेंगे
जब क़ैद हों उजाले ऊँची हवेलियों में

आबाद हो गई फिर बस्ती कबूतरों की
होने लगी है 'खुस-फुस' वहशी बहेलियों में

काग़ज़ पे रोटियों की ज्योतिष लगा रहे हो
धनवान हैं लकीरें भूखी हथेलियों में

तारीख़ फ़ैसले की फिर बढ़ गई है आगे
कुछ प्रश्न हल हुए बिन उलझे पहेलियों में

हर सिर को छत मिलेगी इक्कीसवीं सदी में
चर्चा थी कल कुएँ पर उनकी सहेलियों में।

चुभ गए काँटे

चुभ गए काँटे घृणा के एकता के वक्ष में,
दीप ख़ुशियों के अचानक जल उठे प्रतिपक्ष में

आपके आवेदनों पर कौन अनुमोदन लिखे
सत्य सहने की नहीं सामर्थ्य अब अध्यक्ष में

हो गए सब आत्मनिर्भर अब कोई भूखा नहीं
लक्ष्य पूरे हो गए वातानुकूलित कक्ष में

नीतिगत प्रश्नों के उत्तर खोजना ही साक्ष्य है
पृष्ठ पीछे के प्रमाणों को न रख प्रत्यक्ष में

न्यायसंगत फैसले की व्यर्थ में मत आस कर
झुक गई है यह तुला भी परिजनों के पक्ष में।

खुल गए हैं बाँबियों के मुँह

खुल गए हैं बाँबियों के मुँह सुरंगों की तरह
आ गए कुछ लोग सड़कों पर भुजंगों की तरह

वे अचानक ही कहानी के कथानक हो गए
और हम छपते रहे केवल प्रसंगों की तरह

सूर्य से लड़ने की जो करते हैं बातें रात-भर
लुप्त हो जाते हैं वे दिन में पतंगों की तरह

वेदना की बाँसुरी को किस तरह सुन पाओगे
हर समय बजते रहोगे यदि मृदंगों की तरह

हम न यदि गंतव्य तक पहुँचे तो कोई ग़म नहीं
पर न हम बैसाखियाँ लेंगे अपंगों की तरह।

हम ज़मीं के सितारे हैं

हम ज़मीं के सितारे हैं हमको आसमाँ की ज़रूरत नहीं है
जो बियाबाँ में खिलते हैं उनको बाग़बाँ की ज़रूरत नहीं है

भीख में ज़िंदगी भी मिले तो उनसे कह दो कि हरगिज़ न लेंगे
ख़ुद ग़मों से मोहब्बत है हमको मेहरबाँ की ज़रूरत नहीं है

चीख़ती हों खिड़कियाँ, झरोखे और दरवाज़े भी बोलते हों
हों चुग़लख़ोर जिसकी दीवारें उस मकाँ की ज़रूरत नहीं है

गहरे दरिया में हम ख़ुद ही उतरे कितना पानी है ख़ुद देख लेंगे
अब ज़माने से कह दो कि हमको पासबाँ की ज़रूरत नहीं है

धूप हो, आग हो, आँधियाँ हों, ख़ार और ठोकरें, हमसफ़र हों
ढूँढ़ लेंगे अकेले ही मंज़िल कारवाँ की ज़रूरत नहीं है।

सरोज व्यास

मैं क्यों उठाऊँ सर पे

मैं क्यों उठाऊँ सर पे ख़यालों का आसमाँ ?
देता नहीं जवाब सवालों का आसमाँ

बचपन उठाए फिरता है, पत्थर की बोरियाँ,
किलकारियों के बदले में छालों का आसमाँ

ख़्वाबों के तानों-बानों में उलझे हैं, क़ैद हैं,
बुनते रहे हम मकड़ी के जालों का आसमाँ

कोई उसे कहे, ज़रा ज़मीन की सोचे,
कब, किसके हाथ आया उछालों का आसमाँ

किसी घर में तीरगी रहे, किसी घर में आफ़ताब,
थोड़ा तो तरस खाए उजालों का आसमाँ

रो-रो के समंदर भी तू, भर देगा एक दिन,
आँसू नहीं पोंछेगा रूमालों का आसमाँ

हम सोचते ही रह गए, शह, मात हो गई,
चलता है जाने कितनी चालों का आसमाँ

लमहों को कहाँ गिनता है, आए, चले गए,
बूढ़ा है कितनी सदियों-सालों का आसमाँ।

शक्ल में फूलों की

शक्ल में फूलों की, मेरी राह में गिरते रहे
दोस्तों के थे वे ख़ंजर हम तो बस मरते रहे

बस उन्हीं के अक्स थे, हर बात में, जज़्बात में,
वह रक़ीबों के मगर, घर में हमें मिलते रहे

जो हमेशा बावफ़ा होने का दम भरते रहे,
क़ब्र पर पत्थर हमारी और वह रखते रहे

मख़मली परदों तले, पत्थर थे, पहचाने नहीं,
हम मगर हर एक के आगे, आईना बनते रहे

यूँ लुटा दी हमने अपनी ज़िंदगी बनकर चिराग़
रोशनी उनको, अँधेरे मेरे घर घिरते रहे।

आत्म-ज्योति, यज्ञ-ज्योति-सी ही

आत्म-ज्योति, यज्ञ-ज्योति-सी ही जलनी चाहिए
उसकी मूरत देवता जैसी ही ढलनी चाहिए

इस लड़ाई को कहें, कैसी लड़ाई ?
रोक लें या यह लड़ाई ही बदलनी चाहिए

भोग लेते झोलियाँ-भर सब कमाए उनके सुख,
अब बुज़ुर्गों की कमी हमको भी खलनी चाहिए

है धुआँ, कल-कारख़ाने, साँस घुटती जा रही,
ख़ुशबू हरियाले दरख़्तों की फिसलनी चाहिए

नेह निर्मल रख तो ईश्वर भी मिलेगा एक दिन,
आत्मा बस सच की सोहबत में ही पलनी चाहिए।

देखो तो क़यामत ही

देखो तो, क़यामत ही बुलाने लगे हैं लोग
आँखें ज़मीर से ही चुराने लगे हैं लोग

अब पाक़ - दामनी की क़स्में कहाँ रहीं,
गहरे से गहरे दाग़ धुलाने लगे हैं लोग

मत पूछ वहम कैसे हक़ीक़त में ढल गए,
चेहरे की सादगी को भुनाने लगे हैं लोग

जाने ये पालकी कहाँ जाती है, ले बशर!
घर छोड़ कहीं और ही जाने लगे हैं लोग

जिस घर की ईंट - ईंट को रखने गई हयात,
उस घर को ही लो देखो, जलाने लगे हैं लोग

चाहा तो किसी सिम्त ही सजदे में सर झुके,
हर ओर ही शमशीर को ताने लगे हैं लोग

उसकी हँसी, हज़ारों वह जुगनू चमक उठे,
अब आफ़ताब को भी भुलाने लगे हैं लोग।

हरजीत

पूछता है मेरा मुसाफ़िर दिल

पूछता है मेरा मुसाफ़िर दिल ये सफ़र कुछ अजीब-सा तो नहीं
पाँव जिस पुल पे लाए हैं उसका क्या कहीं एक ही सिरा तो नहीं

जिस हवा के लिए मुझे ऐ दोस्त, लाए थे तुम नगर से दूर यहाँ
घूम-फिरकर मैं इतना समझा हूँ इन दरख़्तों में वो हवा तो नहीं

कैसी ये जंग चल रही है यहाँ वक़्त और आदमी के बीच में अब
और हर शख़्स को है एक गुमाँ आदमी वक़्त से बड़ा तो नहीं

काँच का गोला-सा पत्थर बनकर काग़ज़ों पर वो शख़्स बैठा है
और ये सोचता है मन ही मन उससे आगे कोई बढ़ा तो नहीं

कितने ही लोग नींद से उठकर देखने आए हादसा जो हुआ
और आते ही सबने ये पूछा, हादसे में कोई मरा तो नहीं।

अब इन घरों से दूर

अब इन घरों से दूर निकलने की बात कर
ठहराव आ गया है तो चलने की बात कर

मेरी तरह जो तूने अगर देखना है सब
मेरी तरह ही ख़ुद को बदलने की बात कर

तू लफ़्ज़ है तो मेरी किसी नज़्म में भी आ
इस रूह के सुरों में भी ढलने की बात कर

पगडंडियाँ न हों तो सफ़र का मज़ा नहीं
काली सड़क पे रोज़ न चलने की बात कर

बहना है तुझको फिर से समंदर की रूह तक
अब धूप आ गई है पिघलने की बात कर

मुद्दत के बाद आज मिली है मुझे फ़ुर्सत
गिरने की बात कर न सँभलने की बात कर ।

नक़्श हैं बचपन के यारों

नक़्श हैं बचपन के यारों की मुलाक़ातें बहुत
सूझती थीं रात-दिन जिनको ख़ुराफ़ातें बहुत

किस क़दर नादान था वो शहर अब समझा हूँ मैं
दिन जहाँ मशहूर थे बदनाम थीं रातें बहुत

ढूँढ़ते फिरते हैं हम उस शख़्स के घर का पता
जिससे हो इस शहर के माहौल की बातें बहुत

मौसमों के सारे तेवर अब हमें मंज़ूर हैं
बर्फ़ हो या लू चले या फिर हों बरसातें बहुत

तू मुझे कुछ भी न भेजे फिर भी तेरी वजूह से
मिल रही हैं इस जहाँ में मुझको सौग़ातें बहुत

ले तो आए ख़ुद को हम गुस्ताख़ राहों की तरफ़
सुननी पड़ती हैं मगर घर से हमें बातें बहुत।

कागज़ पे बन चुके हैं

कागज़ पे बन चुके हैं इतने पुलों के नक़्शे
नदियों पे बिछ न जाएँ अब कागज़ों के नक़्शे

कल एक हादसे में दीवार ढह गई वो
जिस पर टँगे हुए थे आबादियों के नक़्शे

नक़्शे नहीं बताते कैसे बने इमारत
होते हैं और ही कुछ कारीगरों के नक़्शे

सदियों के बाद अपनी तहज़ीब हमने पाई
धरती की तह से निकले कुछ बस्तियों के नक़्शे

वो जंग की ख़राबी सबको बता रहे थे
यूँ जेह्न में थे उनके कुछ सरहदों के नक़्शे

फिर भी बहुत - से शहरी क्यों रोज़ भटकते हैं
हर मोड़ पर लगे हैं सब रास्तों के नक़्शे।

हरिओम

अभी भी अपनी निगाहों में

अभी भी अपनी निगाहों में नमी है बेशक
अगरचे पाँव तले ठोस ज़मीं है बेशक

ये और बात है सजदे में पड़े हैं लेकिन
उठे हैं गिरके जो हर बार हमीं हैं बेशक

जो तू नहीं तो बहारों से शिकायत कैसी
कहीं पे कुछ तो फ़िज़ाओं में कमी है बेशक

ये बुलंदी, ये मंज़िलों का सुकूँ धोखा है
ये ज़िंदगी ही छलावों से बनी है बेशक

यूँ वफ़ाओं के सिले टूट चुके हैं कबके
अभी ये राज़ हवाओं में नहीं है बेशक

अभी ये छाँव के बादल बहुत घने होंगे
ज़रा-ज़रा-सी कहीं धूप थमी है बेशक

ज़ुबाँ पे उसके निशानात हैं जाने कितने
जो दर्द आज भी आहों में नहीं है बेशक।

हमको तो उस दयार का

हमको तो उस दयार का मंज़र नहीं भाया
दुनिया ने जिसे अपनी ख़्वाबगाह बताया

हर सिम्त ज़िंदगी का भिगोते चले गए
आँखों में तेरी याद का सैलाब जब आया

इंसानियत के भी तो कुछ अपने हैं तकाज़े
जिस-जिस ने चोट दी उसे पलकों पे बिठाया

इस दिल को जिससे बेशुमार दर्द मिला है
तुमने हरेक बार वही साज़ बजाया

किसको यक़ीन आएगा, मानेगा इसे कौन
वो तुम ही थे जिसने मुझे इस तरह सताया

मानी सभी बिखर गए चाहत के टूटकर
शीशे में शरारों ने ऐसा जश्न मनाया

दिन-भर उदास बेज़ुबाँ बैठा था फ़लक पर
ढलते ही शाम चीख़ उठा रात का साया।

हर एक सुबह हवाओं में

हर एक सुबह हवाओं में ताज़गी के लिए
ये जंग होगी और तेज़ ज़िंदगी के लिए

वो नामुराद अँधेरों ने सताया है जिसे
चिराग़ ले के भटकता है रोशनी के लिए

ज़मीं पे जब से फ़रिश्तों की बढ़ गई आमद
हुई है तंग जगह और आदमी के लिए

अजीब दौर है ज़िंदों की क़द्र कोई नहीं
क़तार लगती है मुरदों की बंदगी के लिए

तेरे निज़ाम में बेरोज़गार कोई नहीं
यहाँ किसी को भी फ़ुरसत नहीं किसी के लिए

न जाने क्यों उसे बेतरह रुलाया मैंने
थी एक बूँद बहुत मेरी तिश्नगी के लिए

वो मर गया तो सरे बज़्म ये सवाल उठा
कोई तो वजह रही होगी ख़ुदकुशी के लिए

ख़ुदा मुआफ़ करे पर ये इक हक़ीक़त है
मैं इश्क़ करता हूँ पर सिर्फ़ शायरी के लिए।

गुलों में उसकी अदा

गुलों में उसकी अदा रंग-ओ-आब बाक़ी है
दिलों में उसका असर बेहिसाब बाक़ी है

वो हवा की तरह गुज़रा है बस्ती से अभी
उसकी रफ़्तार में जोश-ए-चनाब बाक़ी है

उसने ग़र्दिश के ग़ुबारों से कहा था रुककर
फिर कभी आऊँगा मेरा जवाब बाक़ी है

शिकस्त-ए-जंग वो गुज़रा है शिलाओं पे मगर
उसकी आँखों में इरादों का ताब बाक़ी है

उड़ान बदली है, बदला है आसमाँ लेकिन
उसकी रातों में सितारों का ख़्वाब बाक़ी है

तमाशे देख लिए उसने मुक़द्दर के सभी
अब तो लगता नहीं कोई अज़ाब बाक़ी है।